<

La caduta

Danielle Paquette-Harvey

1984 –

Questa è un'opera di fantasia. Nomi, personaggi, luoghi e avvenimenti sono frutto dell'immaginazione dell'autore o sono usati in modo fittizio. Ogni riferimento a persone esistenti o a fatti realmente accaduti è puramente casuale.

Copyright © Danielle Paquette-Harvey, 2022

Tutti i diritti riservati. Nessuna parte di questo libro può essere riprodotta in qualsiasi forma, con mezzi elettronici o meccanici, compresi i sistemi di archiviazione e recupero delle informazioni, senza l'autorizzazione scritta dell'editore, ad eccezione di un critico che può citare brevi passaggi in una recensione.

Copertina di Danielle Paquette-Harvey

ISBN 978-1-998458-06-6 (paperback)

Prima edizione: settembre 2024

Pubblicata da: Danielle Paquette-Harvey

http://daniellephauthor.com

https://www.instagram.com/daniellephauthor

Iscriviti alla mia mailing list se non vuoi perderti nulla!

daniellephauthor.com

Seguimi
- Facebook: Danielle Paquette-Harvey author
- Instagram: daniellephauthor

Altri libri dell'autrice
Tutti i miei libri sono disponibili su Amazon, nella maggior parte delle librerie Barn & Nobles e in altre valide librerie.

Prequel di questa serie
- The prophecy - *ISBN 978-1777572105*

Origins
- The Goddess's Wards - *ISBN 978-1-7782178-8-3*

Serie *Anima gemella del desiderio*

1. Nemici ancestrali - *ISBN 978-1777572136*
2. Un peccato d'amore - *ISBN 978-1777572150*
3. La caduta - *ISBN 9798340473493*

Serie *Blood and Kisses*
1.   Cursed King – 978-1-7388313-2-6
2.   The Awakening – prossimamente

Serie *Half-angel's daughter*
1.   Devoured by Darkness – prossimamente

Libri solidali

*   A Wicked Taste of Fate – An Anthology - *ISBN 978-1-7782178-6-9*

    Nota bene: questo libro antologico dark fantasy contiene otto racconti di autori diversi. Tutti i proventi sono destinati all'Ospedale Pediatrico Sainte-Justine di Montreal.

Y'vagroth
Naiad Shrine
Moon God Shrine
Cabin
Moon Elve's Lands
Montreal
Leila's Pack
Melian Nymph Sacred Grove
St-Lawrence River
Sam's Pack
Sleeping Lake
Chalet
Ancient Pack Ruins
Eurynomos Sepuclher

Darton's castle
Delos
Mytvathyr
Valley of Nysa
Nokorath Hills
Vampire's Castle

Danielle Paquette-Harvey

La caduta

Indice

Capitolo 1 (Will)

Un nuovo viaggio

Gli orchi fecero irruzione nella stanza. I draghi cercarono di difenderci, attaccando gli aggressori e facendoci da scudo con i loro corpi. Dal soffitto cadevano pietre. Ma a me non importava. La sua pelle era così fredda, eppure non volevo lasciarla. Damien scese dal suo drago e mi costrinse a posare il corpo di Leila sul pavimento. Mi parlava, urlando per sovrastare il rumore causato dagli orchi. Io non sentivo nulla. Fissavo il suo corpo senza vita. Quanto desideravo baciare quelle labbra delicate! Non potevo vivere senza di lei. Il mio lupo mugugnava per il dolore. Il legame di coppia si era spezzato. Mi stava torturando. Il mio cuore era in frantumi. Lo stomaco mi doleva.

Un'ascia mi sfiorò il viso. Mi voltai appena in tempo per vedere Damien combattere contro un orco guerriero.

"Forza, Will! Dobbiamo andare!" urlò Damien dopo aver ucciso l'orco. Salì di nuovo sul suo drago bianco e mi fece cenno di fare altrettanto.

Volò via attraverso il buco nel soffitto, insieme agli altri. Ora ero solo con Ladon e la mia amata Leila: il mio tesoro, il mio tutto. La spada sacra era ancora conficcata nel suo petto. Il suo sangue aveva macchiato i suoi vestiti e le mie mani.

Gli orchi stavano attaccando ferocemente. Ladon mi stava difendendo, ma presto sarebbe stato sopraffatto. Dovevo lasciarmi uccidere? Che senso aveva vivere se non potevo stare con la donna che amavo?

Il mio lupo mi ringhiava contro. Aveva ragione. Leila non avrebbe voluto che ci sacrificassimo così. Si era immolata per aiutarci a combattere il demone. Se dovessi morire, significherebbe che la sua morte non è servita a nulla. La rabbia mi esplose nel petto.

Tolsi la spada sacra dal petto di Leila appena in tempo per parare la mazza di un orco. Gocce di sudore e bava dell'orco mi schizzarono in faccia. La grottesca creatura sembrò sorpresa dalla mia forza.

“Non morirò oggi!” urlai con rabbia.

Pensare a Leila mi dava forza. Improvvisamente fui riempito da una incredibile voglia di vivere. La sua morte non doveva essere vana.

Mi accovacciai e roteai la lama della spada verso l'alto, tagliando il braccio dell'orco. Un grido di dolore riecheggiò dalla creatura, coprendo tutti gli altri suoni. Il braccio cadde pesantemente sul pavimento, con la mazza ancora stretta in mano. Un forte clangore risuonò nella stanza quando l'arma contundente colpì il pavimento. Il braccio rimbalzò leggermente per terra e un pezzo di muscolo si separò da esso, cadendo un po' più in là. Nella stanza calò il silenzio. Tutti fissavano il braccio senza vita, che giaceva in una pozza di sangue.

Non aspettai che si riprendesse. Mi arrampicai sulla schiena di Ladon.

“Mi rincresce tantissimo lasciarti”, sussurrai a Leila mentre volavamo via attraverso il buco nel soffitto. Le lacrime mi scendevano sulle guance. Strinsi i denti, cercando di allontanare il dolore e la tristezza, lasciando spazio nel mio cuore solo alla rabbia.

Gli altri mi stavano aspettando sui loro draghi.

"Presto!" disse Damien, "Dobbiamo tornare al castello. Bianca ci sta aspettando".

Li superai di slancio. Sapevo esattamente dove volevo andare.

Damien mi gridò: "Dove stai andando? Il castello è a sud, non a ovest".

"Questo bastardo me l'ha portata via. Gli toglierò la vita con le mie mani".

Non aspettai che rispondessero. Non avrei permesso a nessuno di provare a fermarmi. Continuai a volare verso ovest, osservando il paesaggio scuro di novembre. La natura sembrava morta come la mia dolce Leila.

*********** POV: Blake ***********

Guardai scioccato, mentre Will volava via sul suo drago. Cara gridò, cercando di attirare l'attenzione del suo amato, ma Ladon non si voltò. Il lupo di Will era il suo Alfa. Avrebbe seguito il suo esempio fino alla fine del mondo, nonostante il suo amore per Cara.

"Fermatelo!" Ravynne gridò. "Si farà ammazzare".
Sapevo che aveva ragione, ma conoscevo anche Will. Era un Alfa. Aveva l'anima di un guerriero. Niente lo avrebbe fermato. Il legame con la sua compagna si era spezzato, lasciando una

ferita nel suo cuore che non sarebbe mai guarita. Guardai Damien. Poiché era il mio Signore dei vampiri, sarei andato, se me lo avesse ordinato.

"No," rispose Damien.

Era calmo e la sua voce ispirava rispetto e autorità.

"Lasciatelo stare. Ha scelto il suo destino. Torniamo al castello insieme".

Gli feci un cenno. Ravynne diede un'ultima occhiata a Will, poi ci seguì.

Volammo a sud verso il castello dei vampiri. Ovunque guardassi, sembrava che l'esercito dei demoni stesse brulicando. Distruggevano fattorie e attaccavano gli abitanti dei villaggi. Era una imponente invasione. I nemici volanti si allontanavano dalla nostra strada, poiché i nostri draghi incutevano timore e rispetto. Non osavano affrontarci. Anche le arpie si tenevano alla larga.

"Dovremmo aiutarli!" gridai a Damien.

Lui girò la testa verso di me.

"Non abbiamo tempo per questo. Dobbiamo concentrarci sul demone".

Annuii. Aveva ragione. Ma il mio drago era giovane e pieno di orgoglio. Come me, sentiva il bisogno di aiutare. Voleva combattere il nemico. Sputava fuoco contro i nemici che erano abbastanza vicini. Guardavo con soddisfazione le macchine volanti dei goblin che prendevano fuoco. Il goblin, in preda al panico, si sarebbe schiantato sulla sua macchina prima di essere schiacciato dall'impatto. Se ero fortunato, i nemici a terra avrebbero subito un'ulteriore perdita.

Proseguimmo verso sud, sorvolando la Valle di Nysa. Le ninfe stavano combattendo ferocemente. Vista dall'alto, la loro magia creava un bellissimo spettacolo di colori. Speravo che sarebbero state vittoriose nella loro battaglia contro l'esercito dei demoni. Per quanto volessi aiutarle, sapevo che i nemici avrebbero continuato ad affluire se non avessimo affrontato il demone. Damien aveva ragione. Era un Signore buono e saggio. Ero orgoglioso di poter servire sotto il suo comando.

Presto il castello comparve alla nostra vista. Rimasi scioccato da ciò che mi apparve. I nemici brulicavano ovunque intorno al castello e si accanivano contro le porte. Il cancello principale era stato violato. I nostri soldati stavano ancora combattendo contro il nemico, ma molti di loro sembravano essere feriti.
Sul pavimento erano ammassati mucchi di cadaveri. L'odore del sangue pervadeva l'aria. Che cosa era successo mentre eravamo via? Pensavo che il nostro esercito fosse abbastanza forte da proteggere il castello. Guardai Damien. Aveva la mascella serrata. Capivo le sue preoccupazioni. La Regina era nel castello. Speravo che fosse al sicuro.
"Prendiamoli!" ordinò Damien.

Il drago di Ravynne era anziano. Rimaneva in aria per combattere i goblin volanti. Ravynne iniziò a lanciare incantesimi. I suoi poteri delle sue streghe erano abbastanza forti da attaccare la terra dal cielo. Insieme formavano una grande squadra.

Clara iniziò a sputare fulmini di energia bianca, trafiggendo i nemici dall'alto. Ero stupito dalla sua velocità e agilità.

Damien e io ci tuffammo a terra. I nostri draghi stavano lasciando scie di fuoco, fermando l'avanzata dell'esercito dei demoni. Le urla degli orchi che prendevano fuoco e l'odore della pelle bruciata erano deliziosi.
Risi mentre raggiungevo il suolo e scendevo dal mio drago. Raccolsi una spada per terra e iniziai a colpire i nemici. Era da un po' che desideravo combattere. Niente poteva battere il suono di un nemico che moriva.

Sentii un rumore e mi girai appena in tempo per vedere Damien che staccava a morsi la carne da una delle creature. La tagliava con le unghie, smembrandole. Credo che la paura di perdere la sua compagna lo rendesse disperatamente pericoloso. Con un unico grande colpo di piedi sul terreno, inviò un'onda d'urto di energia che fece cadere tutti a terra. Avevo dimenticato quanto fosse forte il Signore dei vampiri.
Rapidamente, mi rimisi in piedi e iniziai a uccidere quanti più nemici possibile cogliendoli di sorpresa. Con l'aiuto dei draghi, riuscimmo a uccidere tutte le creature superstiti.

Ansimando, lasciai cadere a terra la spada. Ero sporco, insanguinato e sudato, ma mi sentivo benissimo. Era da un po' che non facevo un buon allenamento. Un senso di soddisfazione mi pervase quando guardai i cadaveri a terra.

Dietro di noi, le porte del castello si aprirono. Mi girai e vidi Kate correre verso Damien.

"Damien!", gridò abbandonandosi tra le sue braccia.

Non le importava che fosse sporco e pieno di sangue, rivederlo la colmava di gioia. Lui l'abbracciò forte, sollevandola da terra mentre si baciavano.

"Perché non mi hai detto come stavano le cose?" le urlò contro, prima di aggiungere più dolcemente: 'Poteva succedere qualcosa a te e al bambino...'.

Le ultime parole furono un sussurro. Il pensiero di perdere la moglie e il bambino gli stava consumando l'anima.

Il loro dialogo mi faceva sentire come se stessi ficcando il naso in un segreto che non ero deputato a conoscere.

Mi girai e vidi Bianca uscire di corsa dal castello.

Sorrideva felice e ci gridava: "Ce l'avete fatta! Avete spezzato la maledizione!"

Si fermò e aggrottò le sopracciglia quando si guardò intorno, rendendosi improvvisamente conto.

"Dov'è Will? Dov'è Leila?"

Scambiai uno sguardo con Ravynne. "Entriamo", suggerì Damien. Annuimmo tutti e seguimmo il suo esempio.

"Portate i feriti all'interno del castello",
ordinò Kate. "Portateli nella sala da ballo. Lì
allestiremo un infermeria. Elwin li curerà".

I soldati iniziarono ad aiutare i feriti a
raggiungere il castello.

"Posso aiutare anch'io", si offrì Ravynne.

"Ottimo! Raggiungi Elwin", rispose Kate.
Fece un cenno ai soldati.

"Il cancello principale deve essere riparato.
Dobbiamo costruire delle fortificazioni. Ci saranno
altre ondate. Tutti coloro che non sono feriti devono
prepararsi per la prossima ondata". Tutti si diedero
da fare. Anche i draghi fecero capire che sarebbero
rimasti per difendere il castello.

Damien mise le braccia intorno ai fianchi
della moglie. "È stata un'ottima decisione lasciare il
castello nelle tue mani. Sei una grande regina,
amore mio". Le rivolse un sorriso mentre si
incamminavano verso il castello.

Mi sentivo felice per il loro amore, ma
questo non faceva per me. Non sono mai stato un
tipo romantico. L'unica cosa che mi piaceva era
combattere. È l'unica cosa che ho avuto nella mia
vita. Dare tutto me stesso in battaglia finché il mio
corpo non cedeva. L'impeto della battaglia, sapendo
che solo uno di noi sopravviverà. Questo era ciò che
faceva battere il mio cuore più forte.

L'interno del castello era bellissimo come
sempre. Non si vedevano segni di battaglia. Il
marmo era intatto, così come le statue e i decori.

L'unica cosa che tradiva la guerra che si era scatenata all'esterno erano i soldati feriti che raggiungevano la sala da ballo. Ravynne si incontrò con Elwin nella sala approntata e aiutò a prendersi cura dei feriti.

Seguii Bianca, Kate e Damien nella sala del trono. Steven abbracciò Bianca quando entrò nella stanza. Arius era lì, insieme a una donna elfo che non avevo mai visto. Sembrava che il destino gli avesse dato una seconda possibilità d'amore. Sorrisi. Era bello vedere il mio amico così felice. Tutte queste dimostrazioni d'affetto mi stavano irritando. Cosa avevo fatto per essere circondato da coppie? Desideravo ardentemente il momento in cui sarei potuto tornare sul campo di battaglia.

"Ora che siamo qui, non vuoi dirmi dove sono Will e Leila?" chiese Bianca.

Aspettai che Damien parlasse. Era lui il signore; era suo il compito di dirlo.

"Leila è morta", disse con calma.

Bianca e Kate sussultarono. La stanza divenne silenziosa, tutti aspettavano la sua spiegazione. Per spezzare la maledizione, doveva essere sacrificata... Era il tesoro amato dell'indovinello".

"È morta... per colpa mia", sussurrò Bianca, con le lacrime silenziose che le colavano sulle guance. Kate piangeva silenziosamente tra le braccia di Damien.

È stato un errore. Leila non avrebbe voluto questo.

"Era il suo destino", risposi con voce decisa. Si girarono tutti verso di me mentre io continuavo.

"Leila era stata destinata al sacrificio fin dalla notte in cui era nata. Portava un marchio sul collo. Tramandato da una generazione all'altra, nel corso della storia del suo branco. Sapeva cosa doveva essere fatto e ha accettato il suo destino".

"Questo non rende le cose più facili", disse Bianca, tirando su con il naso.

Damien rispose dolcemente: "Lo so, ma si è sacrificata perché potessimo combattere il demone. Non possiamo deluderla".

Aveva ragione. Se non volevamo che il suo sacrificio fosse inutile, dovevamo andare a cercare il demone. Tutti annuirono.

"Ma allora, dov'è Will?" chiese Bianca con un filo di voce.

Damien sospirò, guardando il pavimento. "Dopo la morte di Leila, è volato via sul suo drago, giurando che avrebbe preso la vita di Eurynomos".

"No!" gridò Bianca. "Sono la figlia della Dea della Luna! È mio dovere farlo. Lui non sarà in grado di farlo".

Maledissi me stesso. Lo avevo temuto. Che fosse in qualche modo legato alla Dea della Luna. Ma era troppo tardi. Se n'era già andato.

"Non abbiamo potuto fermarlo. Ha scelto il suo destino", rispose Damien.

Un dubbio si insinuò nella mia mente. Non ci abbiamo nemmeno provato. Forse avremmo potuto raggiungerlo se ci avessimo provato? Era troppo tardi? Potremmo ancora trovarlo se andassimo ora?

"Assicuriamoci di essere pronti per la prossima ondata", rispose Kate con dolcezza. "Poi prepareremo il nostro prossimo piano d'azione".
Era un'ottima Regina, anche se non era un vampiro. Anche Will era suo fratello, ma lei si destreggiava meglio di sua sorella Bianca. Era davvero una degna compagna per il nostro Signore dei vampiri.

"Aiuterò gli arcieri a prepararsi", disse la donna elfo. "Grazie, Elashor", rispose Kate. Arius afferrò la mano di Elashor e la baciò amorevolmente prima di lasciarla andare. Gli sorrisi. "È bello vederti di nuovo felice". Lui ridacchiò piano: "Grazie, Blake". Uscii dalla stanza. Le battaglie precedenti avevano lasciato i miei vestiti macchiati dal sangue dei miei nemici. Ero sporco. Una doccia calda sarebbe stata fantastica. Non avrei nemmeno detto di no a un pasto adeguato.

*********** POV: Bianca ***********

La gente si dava da fare per riparare il castello. Il suono dei martelli e delle persone che parlavano riempiva la stanza. Era come se non fosse successo nulla. Mi sentivo distrutta. Leila era stata uccisa per colpa mia. Come avrei potuto vivere di nuovo con me stessa? Non avrei mai voluto che qualcuno morisse. Ora, per colpa mia, mio fratello aveva perso la sua compagna. Mi odiava? Mi avrebbe mai parlato di nuovo? Non sapevamo nemmeno dove fosse. Voleva uccidere il demone da solo. Il demone che io ero destinata ad affrontare. Non volevo avere anche la sua morte sulla coscienza. Le mie mani cominciarono a tremare. Non riuscivo a trattenere le lacrime. Mi sentivo così in colpa per quello che era successo.

"Ehi!" Mi girai. Il mio dolce Steven era lì, e mi sorrideva dolcemente. I suoi capelli biondi erano scompigliati, ma a me sembrava sexy così. Mi asciugai le lacrime dalle guance.

"Steven".

Mi avvolse con le sue forti braccia. Il calore del suo corpo calmava il mio dolore.

Sussurrò dolcemente: "Smetti di incolparti".

"Come hai potuto?"

"Hai dimenticato che sei la mia compagna?", chiese con un sorrisetto. "Posso sentire i tuoi pensieri se lasci il collegamento aperto".

Mi sentivo in imbarazzo. Nella foga delle emozioni, me ne ero completamente dimenticata.

"Ma sono felice che tu l'abbia fatto", continuò, prima di baciarmi sulle labbra. "Altrimenti non avrei sentito la tua tristezza. Saresti rimasta a sopportare da sola tutti quei pensieri".

Appoggiai la testa sul suo petto, ascoltando il suo cuore.

"Ma è vero".

"No, non lo è! Tutti erano consapevoli dei pericoli quando si sono lanciati in questa avventura.

Se c'è qualcuno responsabile, allora che sia Eurynomos".

Aveva ragione? Potevo davvero credere di non essere responsabile della morte di Leila? Lo guardai negli occhi, cercando una risposta. I suoi occhi blu erano pieni di convinzione.
"Grazie, cercherò di smettere di colpevolizzarmi".
Mi sforzai di sorridere. Steven, di rimando, fece un largo sorriso.
"Continuerò a osservarti. Te lo ripeterò tutte le volte che avrai bisogno di sentirlo. Continuerò finché non smetterai di incolparti".

Ridacchiai. Steven era così dolce. Ero fortunata ad avere un compagno così fantastico.
"Sai almeno quanto ti amo?"
Sorrise e mi afferrò il mento con la mano.
"Oh sì, lo so!", sussurrò prima di baciarmi.
Il suo bacio fece sparire tutte le mie preoccupazioni. Il mio cuore iniziò a battere più velocemente mentre le nostre lingue danzavano insieme. Aprii gli occhi lentamente mentre il nostro bacio si interrompeva.

Ci avvicinammo a uno dei balconi. Gli interventi di riparazione erano ben avviati. Lilith e Zach davano ordini. Soldati e operai li eseguivano, dandoci la possibilità di essere pronti quando la prossima ondata ci avrebbe colpito. Elashor stava preparando gli arcieri, dando loro consigli per evitare di essere feriti dai nemici. Anche Blake era lì, ad affilare le spade e ad assicurarsi che tutte le armi fossero in perfetto stato. Ma ciò che mi stupì di più furono i draghi. Mi sembrava irreale vedere quei quattro grandi draghi che riposavano nel cortile. Non avevo mai visto creature così potenti. Pensare che fossero pronti a proteggere il castello dall'esercito dei demoni era rassicurante.

Steven emise un lungo e basso fischio di ammirazione mentre si appoggiava alla ringhiera.

Mi disse: "Maestosi, vero?"

"Sì, lo sono! Non sapevo nemmeno che esistessero i draghi".

"Nemmeno io".

"Mi chiedo come sia la loro pelle al tatto".

Queste creature leggendarie sembravano irreali. Mi chiedevo se mi avrebbero permesso di toccarli. Ai draghi piacerebbe essere accarezzati?

Steven rifletté prima di rispondere: "Credo che si sentano come una lucertola".

Annuii. Ero delusa, ma aveva ragione. In qualche modo, mi piaceva immaginare che fossero soffici e morbidi. Ma avevano delle scaglie sul dorso. Non sarebbe stato come accarezzare un gattino.

Aggiunse: "Blake dice che il drago di Will aveva sei teste".

"Wow!" Esclamai. "Deve essere uno spettacolo incredibile!"

"Speriamo di poterlo vedere quando Will ci raggiungerà di nuovo".

"Pensi che... tornerà al castello?"

Steven scrollò le spalle. "Forse".

Sarei felicissima se Will tornasse al castello con noi.

"Lo spero", sussurrai.

Si voltò verso di me, come se improvvisamente ricordasse qualcosa.

"Bene, ora che la maledizione è spezzata, non dovremmo prepararci ad affrontare questo demone?"

Gli feci un cenno. "Sì, ma non sono sicura di come lo potrei fare".

"Mi hai detto che hai sentito crescere il tuo potere magico quando la maledizione è stata spezzata, giusto?"

Annuii di nuovo. Era vero. Un'ondata di potere magico mi aveva riempita quando la maledizione con il demone fu spezzata. Mi sentivo così potente.

"Sì, ma non ho idea di come usare questa magia".

Steven si tenne il mento mentre pensava. "Perché non chiediamo a Elwin e Ravynne? Ravynne è una strega ed Elwin è stato lo stregone del castello per secoli! Di sicuro uno di loro lo saprà".

Annuii, eccitata. "Sì! È un'ottima idea!"

Ci affrettammo a rientrare nella sala da ballo. La sala non aveva lo stesso aspetto dell'ultima volta che ci ero stata. Decine di soldati feriti erano distesi su barelle. C'era odore di alcol e disinfettante. Elwin aveva portato un banco di lavoro su un lato della stanza. Sul suo banco di lavoro mescolava gli ingredienti giusti, adattandoli alle esigenze della persona che stava curando. Poi portava la pozione preparata al suo paziente. Dall'altra parte della stanza, Ravynne recitava incantesimi, con un vento bianco che la circondava mentre curava i feriti. Le pozioni di Elwin richiedevano del tempo per guarire completamente, ma gli incantesimi di Ravynne erano istantanei. Eravamo così fortunati ad avere con noi una strega così potente.

"Elwin!" gridai, mentre correvo verso di lui.

Lasciò cadere la pozione che stava preparando e si girò verso di me.

"Cosa c'è, Milady? Sono piuttosto occupato in questo momento".

"Lo so. Ho bisogno del tuo aiuto".

"Come posso aiutarvi?"

"Beh, vedi, da quando la maledizione del demone è stata spezzata, ho riacquistato i miei poteri. Ma non ho idea di come poterli usare".

Ravynne si unì a noi mentre parlavamo,

commentando: "Imparare a controllare i propri poteri sarà fondamentale nella nostra lotta contro il demone".

"Lo so, è per questo che sono venuta a trovare Elwin, o te, Ravynne. Hai idea di come potrei imparare a usarli?"
Elwin si passò una mano tra i capelli mentre pensava. Ravynne rispose: "So solo insegnare la magia alle streghe. Anche se potesse esserti utile, ci vorrebbero mesi per padroneggiarla. Temo che non abbiamo tempo per questo".
Le feci un cenno di assenso.

"Lo so!" esclamò Elwin, prima di continuare: "Dovresti andare a Mytvathyr. È la più grande città degli elfi, molto più a est".

"Mytvathyr?" chiese Ravynne. "Non ne ho mai sentito parlare".

Gli occhi di Elwin scintillarono e un sorriso apparve sul suo volto mentre parlava con passione.

"È la sede della più antica gilda magica di queste terre. I capi sono alti elfi, rinomati per la loro grande conoscenza della magia. Ho studiato lì quando ero ancora un giovane vampiro. Loro potranno darvi degli insegnamenti".

Ravynne sembrava colpita dalle sue conoscenze.

"Mi sembra un'ottima idea!" esclamai. "Troviamo Kate e Damien. Dobbiamo parlare loro di questo".

Uscii dalla stanza con Steven, mentre Ravynne stava ancora parlando animatamente con Elwin.

Arrivati nella sala del trono, spiegammo tutto a Kate e Damien. Chiesi che tutti si unissero a noi nella sala strategica. Una grande scrivania di legno riempiva la stanza con delle sedie intorno. Sulla scrivania era esposta una grande mappa che ci permetteva di vedere dove si trovava Mytvathyr. Non c'erano strade che portavano alla città; avremmo dovuto andare a cavallo. Ci sarebbero voluti sicuramente alcuni giorni.

Mi morsi il labbro inferiore. Le mie mani erano sudate. Questo era il viaggio più lungo che avessi mai affrontato. Era fondamentale che imparassi a controllare la mia magia. Molto poggiava sulle mie spalle. E se avessi fallito?

Steven mi strinse amorevolmente la mano, sussurrandomi attraverso il nostro legame di coppia: "Andrà tutto bene, amore mio".
Ero grata di avere un compagno così affettuoso. Era sempre presente per me.

Mi guardai intorno e osservai tutti. Kate e Damien erano sulle poltrone reali, ricoperte di fili d'oro. Erano in posizione elevata rispetto a noi. Li faceva sembrare grandiosi. Lilith e Zach erano chini sulla mappa. Indicavano diversi percorsi, parlando animatamente di strategie. Blake, Elashor e Arius erano un po' più in là, vicino all'angolo del tavolo.
Eravamo un gruppo strano: un elfo, due licantropi, la figlia della Dea della Luna e quattro vampiri.

Parlammo del viaggio e dei rischi che comportava. Fu deciso che, una volta acquisiti i miei poteri, ci sarebbe stata la possibilità di andare a combattere direttamente Eurynomos. Era meglio portare a Mytvathyr le più nutrite forze disponibili, per ogni evenienza. Ma non potevamo nemmeno lasciare il castello indifeso. C'era anche la questione di Will. Non sapevamo se si sarebbe unito a noi lungo il cammino o se sarebbe riuscito a sconfiggere Eurynomos prima di noi.

"Kate resterà al castello. Essendo incinta, non è possibile che combatta contro un demone", dichiarò Damien.
Tutti annuirono. Questo era evidente a tutti. E continuò: "Anch'io resterò qui. Per come erano le cose quando siamo arrivati, non la lascerò sola.

Voglio essere presente se i nemici fanno irruzione nel castello".

Si voltò a guardarla: "Non so cosa farei se succedesse qualcosa a te o al bambino".

Potevo sentire l'amore di Damien attraverso le sue parole. Kate aveva le lacrime agli occhi. Era così commossa.

"Io voglio restare qui", dichiarò Lilith. "Sono il generale. È mio dovere guidare le mie truppe in combattimento".

"Naturalmente", concordò Damien.

"Rimarrò anch'io", disse Zach.

Lilith replicò: "Dovresti andare".

Zach guardò Lilith con occhi spalancati. "Sei sicura?"

Lei sorrise e lo baciò sulla guancia.

"Sei forte, amore mio. So che sopravviverai. Potremo vivere insieme per tutta l'eternità, dopo che il demone sarà stato eliminato".

"Fantastico!" esclamò Steven. "Allora credo che saremo io, Bianca e Zach".

Damien scosse la testa. "Blake è uno dei nostri migliori guerrieri. Avete visto il suo valore contro gli orchi e i goblin. Anche lui viene con voi".

"Non dimenticarti di noi!" Arius sorrise. "Anche Elashor e io siamo forti".

Ero senza parole. Noi sei, saremmo stati una forza potente contro il demone.

"Wow! Grazie a tutti", dissi a bassa voce.

"Non devi ringraziarci", rispose Steven. "Lo stiamo facendo per liberarci di questo demone".

"E per fermare questa guerra", aggiunse Zach.

"Per poter vivere in pace". Elashor sorrise.

"E perché il sacrificio di Leila non sia stato vano", aggiunse Blake.

Tutti rimasero in silenzio. Ognuno aveva il suo motivo per fare questo viaggio. Non sapevo cosa ci aspettasse, ma ero felice di avere il mio compagno e i miei amici al mio fianco.

Capitolo 2 (Will)

Il ricongiungimento

Non mi ci è voluto molto per arrivare a Montréal. Volavo basso. Non mi importava che la gente vedesse me o il mio drago. Tanto erano stati attaccati dall'esercito dei demoni. Era inutile cercare di nascondersi. Ormai gli umani erano consapevoli dell'esistenza di altre razze.

Continuai a volare verso il centro. Sapevo esattamente dove dovevo andare. Damien aveva dato abbastanza informazioni quando eravamo nel boschetto sacro di Ares. L'ingresso agli Inferi si trovava in una delle stazioni della metropolitana. Non avevo bisogno di altro. Ero sicuro di sapere quale fosse. Era la più grande stazione della metropolitana di Montréal. Aveva più livelli e collegava tra loro tutte le altre tratte.

Evitai alcuni grattacieli mentre mi avvicinavo, manovrando Ladon tra di essi. Ero felice di cavalcare un drago così agile. La Grande

Bibliothèque di Montréal si affacciò alla vista. Un magnifico tributo alla cultura e alla conoscenza. Si ergeva per sei piani, tutta ricoperta di vetro, e proprio accanto ad essa si trovava la stazione della metropolitana che stavo cercando. Dall'esterno la stazione della metropolitana sembrava piccola. Questo perché era quasi tutta sotterranea.

Le persone stavano combattendo contro orde di orchi e demoni vicino all'entrata. I corpi erano ammassati nelle strade. Fiumi di sangue scorrevano nelle fogne. La rabbia mi riempiva il cuore quando pensavo a tutte le vite che il demone aveva preso. A cominciare da quella della mia compagna. Il mio cuore affondava e il mio lupo ululava di agonia a questo pensiero. Mi stava lacerando dall'interno e mi chiedevo se sarei riuscito a resistere al dolore. Lo scacciai via. La rabbia sarebbe stata il mio carburante per ciò che dovevo fare.

Ladon si abbassò, preparandosi ad atterrare. La gente guardò il cielo e ci vide. Iniziarono a urlare e a correre quando si resero conto che un drago era nelle vicinanze. Se solo avessero saputo che eravamo qui per aiutarli. Era inutile dirglielo. Una folata di vento spazzò il terreno mentre atterravamo, soffiando polvere e piccoli detriti intorno a noi.

Orchi e demoni iniziarono ad attaccarci. Fendevo i nemici con la spada che aveva ucciso la mia amata. Ogni volta che la spada attraversava la carne, vedevo il corpo di Leila davanti ai miei occhi. A ogni uccisione, mi tornava in mente la tragedia che era accaduta solo poche ore prima, lacerandomi dentro. Le lacrime mi scendevano sulle guance mentre grugnivo per lo sforzo. Volevo trasformarmi nel mio lupo e decimare i miei nemici, ma non potevo. Il mio lupo stava soffrendo per la perdita della sua compagna. Si calmò e io rimasi da solo ad affrontare la mia disperazione.

Un demone mi caricò. Aveva corna d'ariete, occhi rossi e luminosi e denti affilati. La sua pelle era bianca e rugosa. I muscoli del collo erano due volte più grandi della testa. Combatteva con un'ascia da guerra a doppia lama.
"Sei mio!", ringhiò con voce bassa e gutturale.
Scagliò la sua ascia contro la mia spada. Le mie gambe tremavano, minacciando di cedere sotto i miei piedi. Il cuore mi batteva forte, i polmoni mi facevano male. Raccolsi tutte le forze che mi erano rimaste, ma lui continuò a spingere sull'ascia, cercando di farmi cedere.
Il corpo senza vita di Leila mi passò davanti agli occhi. Il suo sacrificio non sarebbe stato vano. Lanciai un grido di guerra mentre un secondo vento di energia riempiva il mio corpo.
"Non permetterò a nessuno di fermarmi", ringhiai.

La rabbia e la disperazione mi diedero una forza che non sapevo di avere. Spinsi indietro l'ascia del demone e lo colpii alla spalla, facendogli perdere l'equilibrio. Rapidamente, gli feci roteare la spada contro, mentre il sangue sgorgava dal suo braccio. Lui rispose con la sua ascia, ma io evitai il suo attacco. Continuammo a combattere per un po', ma alla fine riuscii ad affondare la mia spada nel suo petto un paio di volte.

Il demone si inginocchiò ansimando, appoggiandosi alla sua ascia da guerra come sostegno, con una mano sul petto. Sudore e sangue gocciolavano sul pavimento. Mi guardò mentre alzavo la spada in aria. Con un unico grande colpo, gli tagliai la testa. Il suo corpo cadde a terra mentre la testa rotolava qualche centimetro più in là, con il sangue che si accumulava sul pavimento.

Mi guardai intorno e notai che Ladon si era occupato della maggior parte dei nemici. Anche alcuni combattenti umani si erano uniti alla lotta. L'esercito di Eurynomos era distrutto. La gente mi guardava, temendo di avvicinarsi. Ero coperto di sangue dalla testa ai piedi. I miei vestiti erano sporchi e strappati. Non mi importava nulla di quello che pensava la gente. Dovevo scendere nella stazione della metropolitana. Ma la stazione della metropolitana era troppo angusta perché Ladon potesse seguirmi.

Mi concentrai su di lui. Sebbene il mio lupo si fosse isolato da me, accettò di parlare con Ladon per me, ordinandogli di tornare al castello del vampiro. Sarebbe stato al sicuro con gli altri.

Il drago capì e volò subito via verso sud-est. Lo guardai per un attimo prima di entrare nella stazione della metropolitana. Le scale mobili erano ferme. C'era un cattivo odore di urina. Qui le persone si erano nascoste dall'esercito dei demoni, facendo della stazione della metropolitana il loro rifugio. Erano sdraiati per terra e un angolo della stazione sembrava essere diventato il loro bagno. Quando sono entrato hanno girato la testa, ma non ho prestato loro attenzione. Gli unici suoni erano i sussurri delle persone e il rumore dei miei stivali sul terreno.

Scesi le scale, attraversai le gallerie di cemento, fino ad arrivare al primo piano della metropolitana.

I treni erano stati fermati temporaneamente, a causa degli attacchi dell'esercito dei demoni. Altre persone si nascondevano qui, accovacciate. Le madri cercavano di far tacere le grida dei loro figli per paura di attirare l'attenzione. Le persone cercavano di nascondersi nell'ombra dei muri come meglio potevano. La loro disperazione non faceva che accrescere il mio rancore nei confronti di Eurynomos. Era lui la causa di tutte le nostre sofferenze. Non gli avrei permesso di vincere.

Un uomo anziano era in piedi. Era alto e magro. I suoi vestiti erano logori. I suoi capelli erano lunghi, bianchi e aggrovigliati. Sembrava che non si fosse rasato da giorni. Gli mancavano alcuni denti e puzzava come se non si fosse fatto la doccia da settimane. Rideva e gridava verso tutti.
"La fine è vicina! Preparatevi! Il..".
Si fermò di colpo quando mi vide.
Mi puntò contro il suo dito ossuto. "Ti stavo aspettando! Quello che cerchi è da questa parte".
Indicò il livello inferiore delle gallerie, all'estrema sinistra.

"Cosa vuol dire che mi stavi aspettando?"

Attesi una risposta, ma il vecchio si limitò a ridere e iniziò a canticchiare: "È la fine. È la fine".

"Hai perso la testa, vecchio pazzo", sussurrai acidamente.

Girò bruscamente la testa, i suoi occhi grigi mi trapassarono.

"Ho perso la testa, dici?"

Si mise a correre ridendo follemente, saltando giù sulle rotaie. Alcune persone gridarono e le madri nascosero gli occhi dei loro figli con la mano. Corsi verso il binario per vedere il cadavere del vecchio spiaccicato sul suolo sottostante. La gente gli girava intorno e lo guardava inorridita.

Quest'uomo era sicuramente pazzo, non è vero? Ci pensai mentre scendevo al piano inferiore, verso il tunnel che mi aveva indicato. Questo tunnel era stato abbandonato e i pannelli di legno bloccavano la strada. Ne rimossi alcuni per crearmi un percorso. Dal tunnel usciva un forte odore di muffa.

Il tunnel era buio pesto. Per fortuna non avevo problemi a vedere, grazie alla mia vista da licantropo. Anche se cominciavo a preoccuparmi per il mio lupo. Non ero abituato a stare lontano da lui per un periodo così lungo. Era stato con me per anni e ora che era in silenzio mi sentivo stranamente solo. Separato dalla mia compagna e dal mio lupo. Speravo solo che riuscisse a riprendersi e a tornare da me.

I topi fuggivano mentre mi addentravo nella vecchia galleria. Più avanzavo, meno era strutturata e curata. I mattoni ben stratificati cominciarono a lasciare il posto a rocce e sporcizia. Il tunnel iniziava a sembrare scavato direttamente nella crosta terrestre. Un odore di zolfo sostituiva ora l'odore di muffa. Continuai ad andare avanti e all'improvviso arrivai a una strana apertura.

Sembrava la testa di una creatura gigante fatta di roccia. Gli occhi erano rotondi e sembrava spaventata o sorpresa. La bocca era spalancata e mostrava solo due canini affilati in alto. Dalla sua bocca usciva un fetore immondo. Non c'era altro percorso se non all'interno della sua bocca, dove le scale sembravano condurre verso il basso. In ogni caso, non c'era modo di tornare indietro. Mi addentrai con cautela nella strana apertura, mentre l'odore di zolfo si faceva sempre più intenso.

************ POV: Blake ************

Non avevo bisogno di preparare molte cose per il nostro imminente viaggio. Feci affilare e pulire la mia spada. Combattere con una lama era sempre stato il mio stile preferito. Ciò era dovuto principalmente al fatto che ero un guerriero umano prima di essere stato trasformato in vampiro. Contrariamente ad Arius e Damien, non ero nato vampiro. Stavo morendo sul campo di battaglia quando una donna ebbe pietà di me. Mi afferrò e all'inizio cercai di resistere. Fui scioccato dalla sua forza. Mi portò con sé. Ero troppo debole per cercare di scappare. Quando arrivammo a casa sua, mi adagiò su un lettino in una stanza buia. Mi chiesi cosa volesse da me. Voleva uccidermi? Allora perché salvarmi sul campo di battaglia? Si aprì il polso e mi costrinse a bere il suo sangue. Ricordo il suo sapore metallico e sgradevole. Cercavo di girare la testa per non berlo, ma non ci riuscivo. Era come se controllasse il mio corpo, e forse lo faceva, ora che l'ho capito. Dopodiché uscì dalla stanza, lasciandomi da solo sul letto. Non ebbi nemmeno il tempo di pensare di scappare, prima che ogni parte del mio corpo cominciasse a dolere per il dolore. Urlai in agonia, contorcendo il mio corpo sul letto.

La donna tornò indietro, pronunciando solo queste parole: "Non preoccuparti. Morirai presto".

Ricordo ancora il dolore del mio corpo morente. La morte è così fredda. Una sensazione di ghiaccio mi scorreva nelle vene e sentivo le mie viscere che si laceravano. Il panico che provai quando mi resi conto che non respiravo più, ma ero ancora vivo... Poi vennero alcuni giorni di sonno tormentoso. Avevo degli incubi. Sognavo ricordi che non erano miei. Ricordi violenti e sanguinosi, svegliandomi disorientato e stordito. E il desiderio... Un desiderio di sangue, più forte di qualsiasi altra cosa si possa sperimentare.

All'inizio, Helena mi nutrì. Ma mi dava solo un po' di sangue alla volta. Doveva stare attenta, altrimenti avrei potuto morire durante la trasformazione. Non dimenticherò mai quell'intimo legame di nutrimento con lei. La consideravo come una madre nella morte.

Era una vampira straordinaria. Mi ha insegnato tutto quello che so. Come nutrirmi, come tenere sotto controllo la mia fame. Come rispettare le altre razze e come comportarmi. Mi ha anche insegnato a mettere a punto i miei nuovi sensi vampirici e la magia. Ero felice con lei.

Fino al giorno in cui alcuni chierici la trovarono e le trafissero il cuore con un crocifisso. Ricordo ancora quel giorno. La rabbia che mi riempì. Li uccisi tutti. Ognuno di loro. Bevvi tutto il loro sangue. Niente poteva alleviare il mio dolore. Alla cieca mi scatenai come una furia, uccidendo ogni umano che incrociava il mio cammino. Finché un giovane principe mi vide. Era Damien. Era leggermente più grande di me, ma ancora giovane. Mi fermò e mi portò al castello, da suo padre. Orpheus vide il mio potenziale e mi assegnò all'addestramento delle guardie reali. Anche se avevo i miei poteri di vampiro, preferivo combattere con la spada. Credo che sia l'ultimo ricordo della mia vita umana. Sarò per sempre grato a Damien. Se non fosse stato per lui, avrei sicuramente incontrato la morte.

Arrivai nella sala del trono. Erano già tutti lì. Chinai il capo verso Damien. Lui ricambiò il cenno.

Arius disse: "Le strade sono impraticabili a causa dell'esercito dei demoni".

Bianca chiese: "Dovremmo prendere i draghi, allora?"

Damien scosse la testa. "I draghi dovrebbero restare qui per aiutare a difendere il castello".

"Allora come faremo a viaggiare?", chiese Bianca.

"Dovremmo prendere dei cavalli e attraversare la foresta", rispose Steven.

Volare non era un'opzione. Elashor era un elfo, Bianca un'umana e Steven un lupo. I cavalli non erano i miei preferiti, ma era la cosa migliore e ci avrebbe portati a destinazione.

Kate annunciò: "Ho fatto preparare tende e cibo per il vostro viaggio. Avrete bisogno di riposare da qualche parte lungo la strada, poiché vi ci vorrà almeno un giorno intero per arrivare a destinazione".

"Allora è meglio che andiamo", risposi.

Tutti annuirono. Si salutarono.

Damien venne verso di me. "So che mi renderai orgoglioso, amico mio".

Gli sorrisi.

"Grazie, mio signore. Farò del mio meglio".

Iniziammo il nostro viaggio verso nord-est, in direzione di Mytvathyr. Non avevamo portato nessun bagaglio extra. Ognuno aveva il suo cavallo. Le tende e le provviste erano state distribuite su tutti i cavalli. Viaggiammo in silenzio. Anche gli uccelli erano silenziosi. Di solito mi piace cavalcare, ma oggi le mie braccia erano tese, le mie mani stringevano le redini. Da lontano si sentiva il rumore dell'esercito dei demoni che combatteva. Per fortuna, non avrebbero sentito gli zoccoli dei cavalli sull'erba. Non è che non potessimo combatterli, ma dovevamo arrivare a Mytvathyr il più velocemente possibile. Se volevamo fermare quei combattimenti, avevamo bisogno che Bianca controllasse i suoi poteri, rapidamente.

Viaggiammo per un po', sempre nascosti nella foresta. I cavalli non avevano problemi a evitare i rami degli alberi, ma il terreno era piuttosto irregolare e ci costringeva a rallentare. L'ultima cosa che volevamo era che un cavallo si facesse male a uno zoccolo su una roccia. Dopo qualche ora, arrivammo a una piccola radura nella foresta. Le foglie morte coprivano il terreno. Il sole stava già tramontando, come accade in questo periodo dell'anno. A est, potevamo vedere la cima di una montagna che appariva sopra gli alberi. Eravamo ormai abbastanza lontani dalle strade principali da non sentire più l'esercito dei demoni.

"Questo sembra un ottimo posto per accamparsi", suggerì Arius.

“Sono d'accordo”, risposi. “Dovremmo essere abbastanza addentro al bosco da non essere attaccati”.

Legammo i cavalli agli alberi e demmo loro cibo e acqua. Zach e Arius andarono a perlustrare la zona e a raccogliere legna, mentre Steven accese un fuoco. Faceva freddo e avevamo bisogno del calore del fuoco per riscaldarci. Aiutai Bianca ed Elashor a montare le tende e a preparare il cibo. Avevamo portato le provviste di base. Non sarebbe stato un banchetto, ma sarebbe stato abbastanza buono.

************ POV: Kate ************

Ero seduta sul mio letto, esausta per la battaglia contro l'esercito dei demoni e per la gravidanza. Il mio corpo ne stava risentendo. Ma almeno Damien era tornato. Avevo avuto tanta paura che non tornasse! Sapevo che era il Signore dei Vampiri, ma avevo paura che venisse ucciso. Mi sarei sentita distrutta se fosse successo qualcosa al mio compagno.

“Stai bene?” Damien chiese con voce dolce mentre si sedeva sul letto accanto a me.

Gli feci un cenno con la testa.

“Sì, mi sento solo stanca, tutto qui”.

Appoggiai la testa sulla sua spalla. Il mio cuore batteva quando il suo profumo virile mi avvolgeva. La mia lupa urlò: "Compagno!" nella mia testa, scodinzolando. Non le piaceva separarsi da lui, anche solo per qualche giorno. Non mi ero resa conto di quanto mi mancasse. Mi mise una mano sulla pancia. Il suo tocco era fresco e rinfrescante. Il mio ventre era ancora piatto, ma sentivo un piccolo e caldo fascio d'amore crescere al suo interno.

"Voglio aiutarti come meglio posso. Lascia che sia io a gestire tutto lo stress della guerra. Tu concentrati su te stessa e sul bambino".

"Mi sei mancato così tanto", sussurrai.

Lui mi accarezzò la guancia con la mano.

"Lo so. Mi dispiace di essere stato lontano".

Lo guardai con occhi spalancati. Come poteva dire una cosa del genere? "Sei stato via per spezzare la maledizione di mia sorella. Non hai nulla di cui scusarti!"

I suoi capelli erano legati in uno chignon basso, i suoi occhi grigi pieni di tristezza.

"Eppure, non so cosa avrei fatto se fosse successo qualcosa a te o al bambino".

Mi avvicinai a lui e le mie labbra sfiorarono le sue.

"Ma non è stato così. Sono qui".

Mi guardò, come se mi notasse per la prima volta, e sorrise.

"Come sono fortunato".

Le sue labbra si posarono sulle mie con un bisogno improvviso. Giocai con i suoi capelli, sciogliendoli mentre ci baciavamo. Aveva un sapore così buono. La mia lupa era felicissima di avere di nuovo il suo compagno tutto per sé. Mi spinse delicatamente sul letto e si mise sopra di me, facendo attenzione a non far gravare il suo peso sulla mia pancia.

"Mi sei mancata", disse facendo le fusa, le sue parole rotolavano sulla mia pelle.

Un rombo profondo gli rimbombò nel petto.

"Adoro quando fai così", sussurrai.

Lui sorrise. "Allora farò in modo di farlo più spesso".

Lasciò una scia di baci sulla mia pelle, facendo salire la pelle d'oca ovunque la toccasse. Sussultai quando leccò il segno sul mio collo. Il segno che aveva fatto quando si era accoppiato con me anni prima. Si soffermò lì per un momento. Il calore si diffuse nel mio intimo quando sentii la punta delle sue zanne sfiorare quel punto.

"Damien", mugolai, 'fallo'.

Lui inspirò profondamente e mi mordicchiò il lobo dell'orecchio.

"Non ancora, mio piccola lupacchiotta".

Mi tolse la maglietta e le sue dita vagarono sulla mia pelle.

"Sei sempre così bella!", esclamò con voce roca.

I suoi occhi erano affamati di desiderio. Gli tolsi la camicia mentre lui mi toglieva il reggiseno. Quanto mi mancava vedere il suo petto muscoloso. Mi piaceva percorrere il suo torace con le mani, sentire i muscoli sodi. Sussultai quando mi leccò i capezzoli, facendoli diventare duri. Gli afferrai i pantaloni, slacciandoli, mentre lui continuava a leccarmi i seni. Il suo membro duro scattò davanti a me quando finalmente gli tolsi i pantaloni.

"Non ho ancora finito con te, mia lupacchiotta". Sorrise mentre mi toglieva i pantaloni e le mutandine. Sussultai quando sfiorò con un dito la mia apertura.

Sorrise. "Sei già così bagnata per me".

Afferrai le lenzuola e gemetti mentre lui inseriva un dito nella mia apertura. Cazzo, non mi ero resa conto di quanto avessi bisogno di lui! Imprecai quando iniziò a strofinarmi il clitoride, facendomi inarcare la schiena mentre il piacere iniziava a crescere.

"Damien," gemetti.

Sorrise mentre mi guardava contorcermi al suo tocco. Gemevo forte mentre lui continuava a titillarmi, sapendo esattamente come darmi piacere.

"Non vuoi godere per me, mia piccola lupa?"

Non ebbe bisogno di chiederlo, perché ero già sul punto di farlo. I suoi occhi lampeggiarono di fame mentre venivo con forza, i miei fianchi pulsavano intorno alle sue dita.

"Brava la mia bambina".

Si pose ancora sopra di me, baciandomi con passione. La punta del suo cazzo spingeva sulla mia pelle, facendo aumentare ancora di più il mio desiderio.

Sussurrò con voce roca: "Ti amo tanto, mia piccola lupacchiotta".

Ansimai quando il suo cazzo duro mi riempì completamente. Questo momento era perfetto, con lui dentro di me, circondata dal suo profumo e sentendomi veramente amata. Si spinse dentro di me, adattandosi alle mie grida. Mi aggrappai alle sue spalle. Potevo sentire il suo piacere per il nostro legame di coppia, che mi portava ancora più in alto, mentre mi sentivo stringere intorno al suo cazzo.

Cominciò a leccarmi il collo mentre continuava a spingere dentro di me, i miei capezzoli sfioravano il suo petto. Il mio cuore batteva forte.

Gridai di piacere quando mi morse il collo. Gemeva mentre beveva il mio sangue e spingeva più forte. Mai in vita mia mi ero sentita così completa come in questo momento. Potevo sentire il suo amore e la sua passione attraverso il nostro legame di coppia. I nostri cuori battevano insieme all'unisono, mentre io ero connessa a lui più che mai.

"Oh sì! Damien!" urlai mentre raggiungevo di nuovo l'orgasmo ed i miei fianchi pulsavano intorno a lui.

Spinse con forza ancora un po', trasmettendo un'ondata di piacere dopo l'altra, finché non grugnì forte mentre veniva. Tolse i denti dal mio collo e vi si soffermò per un momento, chiudendo la ferita.

"Adoro quando urli il mio nome, mia lupacchiotta", mi sussurrò all'orecchio, sfiorandomi con le labbra il lobo.

Girai un po' la testa per poterlo guardare. Le sue labbra erano sulle mie prima ancora che potessi dire qualcosa, la sua lingua danzava con la mia. Un morbido rantolo rimbombava nel suo petto, provocando le fusa della mia lupa in risposta.

"Ti amerò sempre con tutto me stesso", aggiunse, con i suoi occhi grigi che mi fissavano l'anima. Gli risposi con un sussurro: "Anch'io, compagno mio".

Rimanemmo distesi per un po', crogiolandoci l'uno nell'amore dell'altra. Speravo davvero che il paradiso fosse questo. Damien aveva ancora la sua mano sulla mia pancia. Da quando avevo scoperto di essere incinta, lo faceva sempre. Lo trovavo così dolce. Mi sentivo grata di avere un compagno così premuroso.

"Il tuo sangue ha un sapore diverso".

Lo guardai con occhi interrogativi. "Davvero?"

"Sì. È cambiato a causa del bambino. Non posso ancora dire se è una femmina o un maschio, ma sento che il bambino sta crescendo dentro di te, nel tuo sangue".

Sorrisi al suo commento. Deve essere bello poter sentire il bambino in questo modo. Sentivo tutti i cambiamenti del mio corpo. E sapevo che tra qualche mese l'avrei sentito muoversi dentro di me in un modo che solo io potevo sentire. Ma mi sentivo felice che anche lui potesse sentirlo in questo modo.

"Posso già dire che il nostro bambino sarà forte e meraviglioso".

La sua voce era piena di amore per il nostro futuro bambino. Chiesi preoccupata: "Ci sarà un regno per il nostro bambino in cui potrà crescere?"

La guerra con il demone mi stava spaventando. Come sarà il mondo quando nascerà?

Damien mi accarezzò il viso con la mano, fissando la mia anima.

"Non preoccuparti, piccola. Faremo in modo che ci sia un mondo in cui il nostro bambino possa crescere". Le sue parole erano così piene di fiducia; sapevo che avrebbe fatto qualsiasi cosa per far sì che ciò accadesse.

Un forte rumore all'esterno, seguito dal ruggito di un drago, ci fece alzare dal letto. Damien si mise i pantaloni in fretta e furia. Io presi l'accappatoio e andai sul balcone. Un enorme drago si trovava accanto a Cara. Aveva sei teste. Le sue squame erano nere con riflessi blu-turchesi. Ogni squama brillava di un fuoco unico. Sembrava potente. Era davvero magnifico!

"Quello è…?"

Damien rispose, "Ladon".

Mi guardai intorno, ma Will non si vedeva da nessuna parte.

Chiesi con ansia: "Allora dov'è Will?"

Damien mi mise un braccio intorno alle spalle. "Non ne ho idea".

Cara stava strofinando affettuosamente la testa su Ladon, che si era sdraiato nel cortile del castello per riposare. Si accoccolò con lui, sdraiandosi al suo fianco. Lui l'avvolse con la sua coda. Era bellissimo vedere il loro amore espresso in questo modo.

Ma per quanto fosse bello, ero preoccupata per Will. Pensavo che sarebbe tornato con il suo drago. Questo significava che era morto o era ancora là fuori a combattere contro Eurynomos. Aveva perso la sua compagna. Non sapevo cosa avrei fatto se avessi perso Damien, ma avevo sentito molte storie di licantropi che erano impazziti dopo aver smarrito per sempre le loro compagne. Speravo solo che stesse bene.

Ricordo che Will era sempre così serio. I suoi doveri venivano sempre prima di tutto. Il branco era così importante per lui. Sarebbe tornato per prendersi cura del suo branco?

Ricordo quando giocavamo insieme, lui, Bianca, Steven e io. Eravamo sempre così uniti. Giocavamo nel bosco per ore. Nelle vicinanze scorreva un fiume. Il terreno era ripido e Will ci aveva avvertito di non avventurarci lì. Ma Bianca, Steven e io eravamo spericolati e amavamo contraddirlo. Bianca era scivolata sulle rocce e si era slogata una caviglia. Ero corsa indietro a chiamare Will. Era così preoccupato quando gli avevo detto di Bianca. Era corso da lei e l'aveva portata in braccio fino alla casa del branco. Si era preso la colpa di quello che era successo, così Bianca non era stata messa in punizione dai nostri genitori. Si era preso cura di lei, le aveva tenuto compagnia, finché non fu completamente guarita.

Era sempre così desideroso di proteggere le persone che amava. Avrei solo voluto poterlo proteggere ora. Era ancora vivo?

Cercai di non pensare a questa possibilità. Non volevo credere che fosse morto. Affondai il naso nell'incavo del collo di Damien, inspirando profondamente il suo profumo di muschio e miele che amavo così tanto. Mi abbracciò forte.

Guardai attraverso il cortile e vidi Elwin e Ravynne, seduti su una panchina. Parlavano insieme, sorridendo. Sembrava che si stessero conoscendo. Era la prima volta che vedevo il vecchio stregone sorridere così. Ero felice che avesse trovato qualcuno con cui aprirsi. Anche Ravynne sembrava molto felice, anche se non la conoscevo da molto tempo. Era un dolce promemoria del fatto che l'amicizia si trova a tutte le età e in tutte le razze.

Capitolo 3 (Bianca)

Mytvathyr

Ci sedemmo accanto al fuoco. Elashor stava cantando una canzone nella sua lingua elfica. Era così bello sentirla cantare. Arius la guardava amorevolmente.

"*Hôwm jë lông thô ëtry buÿ yôr sidë, muÿ lôvigne knittë.[1] Will yôou lëtt më fill yôr nitts avëc*

---

[1] *Quanto desidero essere al vostro fianco, mio amato cavaliere. Mi permetterete di riempire le vostre notti di passione? Lasciatemi baciare le vostre labbra, perché il mio cuore batte per voi.*

*passiô? Lëtt më kiss tôsë lèvrës ôhv yôrs, fôr muÿ
härt beëts fôr yôou".*

Zach e Blake parlavano tra loro mentre
stavano mangiando.

Appoggiai la testa sulla spalla di Steven.
Mi sembrava che fossero secoli che non passavo
una serata da sola con lui. Eravamo così impegnati
nei preparativi per la guerra. Stasera volevo credere
che fossimo soli. I problemi e le preoccupazioni
potevano aspettare fino a domani.

"Stasera sei mia", disse Steven attraverso il
nostro legame di coppia. Sapevo che veniva dal suo
lupo; potevo percepire il desiderio nelle sue parole.
Era crudo e possessivo. Veniva dal profondo di lui
e mi provocava un forte desiderio. Volevo essere
sua.

Gli sussurrai all'orecchio: "Sarò sempre
tua, mio compagno".

Lui sorrise e mi baciò. Dal suo petto uscì un
profondo brontolio. Sapevo che il suo lupo era
felice. Persi la cognizione del tempo mentre Steven
mi accarezzava la schiena, sussurrandomi dolci
parole all'orecchio, mentre il calore del suo corpo
mi circondava. Mi abbandonai ai suoi baci,
tralasciando tutto il resto.

Il lupo di Steven ringhiò: "Mia".

Ridacchiai dolcemente.

"Scusa", disse Steven, imbarazzato. "È sempre più difficile tenerlo sotto controllo".

Gli sorrisi. Sapevo quanto desiderasse marchiarmi, farmi sua per sempre.

"Presto, amore mio. Come ti ho detto, potrai marchiarmi dopo che avremo affrontato il demone".

Annuì.

"Hai idea di quanto sia difficile? Il mio lupo mi implora continuamente di farlo. Di affondare i miei denti in quel tuo dolce collo".

"Lo so. Ma sai che se lo fai vado in calore. Non posso avere nulla che mi distragga finché non avremo ucciso questo demone".

"Sì, lo so".

Sembrava scoraggiato. Gli presi il mento e lo fissai nei suoi occhi azzurri.

"Sei il mio compagno. Non smetterò mai di amarti. Presto, amore mio. Te lo prometto".

Sorrise e mi baciò ancora una volta.

Mi guardai intorno e mi accorsi che tutti erano già andati a letto.

"Forse dovremmo andare a dormire anche noi. Domani ci aspetta una lunga giornata".

Steven ridacchiò piano.

“Sì, hai ragione”.

Il fuoco era comunque già spento. Andammo nella nostra tenda. Non mi ero nemmeno resa conto di quanto fossi stanca. Ci sdraiammo insieme. Steven mi strinse a sé mentre mi addormentavo.

Mi svegliai circondata dalle braccia di Steven, avvolta dal suo profumo. Mi guardava con un sorriso sulle labbra.

“Ehilà, bella addormentata”.

Sorrisi alla sua osservazione.

“Ciao”, risposi semplicemente prima di baciarlo.

Lui ricambiò il bacio e la sua lingua si fece strada nella mia bocca. Con le mani percorse il mio corpo, facendosi strada tra le mie gambe.

“Steven!” Sussurrai mentre iniziava a strofinarmi il clitoride.

Lui sorrise. “Non ci sentiranno”.

Il piacere cominciò a crescere dentro di me. Cercai di mettere le mani sul suo rigonfiamento, volendo soddisfare anche lui, ma era fuori portata, essendo più alto di me.

“Non riesco a raggiungerti”, mugolai tra un gemito e l'altro.

"Lo so", disse strizzando l'occhio. "Ora, non vuoi godere per me?"

I suoi occhi erano pieni di desiderio. Aveva il controllo e io non potevo fare altro che contorcermi al suo tocco. Mi baciò per soffocare i miei gemiti. Pochi secondi dopo, mi inarcai con la schiena mentre venivo, con ondate di piacere che mi inondavano.

Steven sorrise. "Splendido!"

Il mio battito era accelerato quando si allineò con me e penetrò il mio nucleo ancora pulsante. Una sensazione di estasi mi prese e scavai con le dita nelle sue spalle.

"Cazzo", gemette mentre facevamo l'amore.

Adattò le sue spinte alle mie grida, portandomi di nuovo sull'orlo del baratro. Sentivo il suo lupo che voleva uscire, per marchiarmi, ma Steven si limitò a sfiorarmi il collo con le zanne. Non ci volle molto perché venissi di nuovo. Lui venne quasi contemporaneamente al mio orgasmo.

"Ti amo così tanto", mi sussurrò Steven all'orecchio. "Sei la cosa migliore che mi sia mai capitata. Se esiste il per sempre, che sia con te".

Il mio cuore palpitò alle sue parole.

"Oh, Steven, sono sicuro che esisterà. Potremo trascorrerlo insieme".

Mi riempì di nuovo di baci.

Sentimmo un po' di rumore fuori dalla nostra tenda. Gli altri erano già in piedi. Ridacchiai.

"Forse dovremmo vestirci e raggiungerli".

Steven sorrise. "Dobbiamo proprio farlo?"

Ammiccò. "Sai che dobbiamo".

Ci alzammo rapidamente e uscimmo dalla tenda. La colazione era servita. Arius stava parlando con Elashor.

"Bônn môrnigne. "

Elashor gli sorrise.

"Bônn", rispose lei. "Stai migliorando. Ma potresti fare meglio".

Lui sorrise e fece l'occhiolino.

"È buffo. Non è quello che dicevi ieri sera".

Le guance di Elashor diventarono rosse e si mise una mano sulla bocca, cercando freneticamente di capire se qualcuno avesse sentito il suo commento. Mi trattenni dal ridacchiare e feci finta di non aver sentito.

"Non dire così! E se gli altri ti sentono?"

Lui rise e la prese in giro.

"E se mi sentissero? Cosa penserebbero?"

Lei farfugliò qualcosa, non sapendo cosa rispondere. Lui la prese tra le braccia, baciandola e facendole il solletico.

Mi sedetti e iniziai a fare colazione con Steven. Anche Zach e Blake erano con noi.

"Pensi che riusciremo a raggiungere la città oggi?" Chiesi a Zach.

Lui annuì.

"Probabilmente non siamo così lontani".

Questo mi fece pensare a Will. Mi sentivo così in colpa per il fatto che la sua compagna fosse morta a causa mia. Mi si formò un nodo allo stomaco. All'improvviso non avevo più tanta fame.

"Stai bene?", chiese Blake.

Scossi la testa e una lacrima solitaria mi scese lungo la guancia.

"Mi sento così in colpa per Will. Ha perso la sua compagna per colpa mia. E ora sta cercando di combattere un demone da solo. Ho tanta paura che venga ucciso!"

Non riuscivo a trattenere il torrente che scorreva. Questo senso di colpa mi stava divorando. Se non fosse stato per me, Will sarebbe ancora con Leila. Steven mi fece accoccolare dolcemente tra le sue braccia, dandomi un bacio sul collo.

"Per prima cosa", esordii Blake, "io ero lì. Leila ha scelto di essere sacrificata. Voleva affrontare il suo destino. Non aveva nulla a che fare con te".

"Aveva tutto a che fare con me e con la mia stupida maledizione!", esclamai tra i singhiozzi.

"No, non c'entra", continuò Blake. "Ce l'ha detto Ravynne. Ogni generazione, aveva qualcuno del branco che nasceva sotto una notte benedetta, e possedeva un marchio speciale. Queste persone erano destinate a essere sacrificate per tenere a bada il demone".

"Ma non lo hanno più fatto", risposi. "È così che sono diventati un branco ribelle".

Blake non era d'accordo con me. "Forse, ma era comunque il suo destino. Ha scelto di combattere, e quindi dovremmo combattere per onorare il suo sacrificio".

Smisi di piangere e pensai a ciò che aveva appena detto. Aveva ragione. Aveva scelto di combattere. Anche noi dovevamo continuare a lottare. Ed era esattamente quello che stavamo facendo andando nella città elfica. Annuii lentamente.

"Tuttavia, questo non mi fa sentire meglio".

Steven mi accarezzò delicatamente la guancia.

"Lo so, amore mio. Ma andrà tutto bene. Non sei sola. Non dimenticare chi sei. Sei la figlia della Dea della Luna!"

Rimasi tra le sue braccia, appoggiando la testa sul suo petto mentre finivo di fare colazione. Avevano ragione, lo sapevo. Speravo di poter smettere di sentirmi in colpa per quello che era successo. Sapevo di esserne capace. Sapevo di poter essere forte. Inspirai, decisa a mettere da parte il senso di colpa e a concentrarmi sul compito da svolgere. Dovevo imparare a sfruttare i miei nuovi poteri.

Raccogliemmo le nostre cose in un attimo e salimmo a cavallo. Viaggiammo di nuovo nel bosco. Gli alberi privi di foglie sembravano senza vita. Soffiava una brezza fredda che ci ricordava che l'inverno sarebbe arrivato presto. Si poteva vedere il vapore dell'alito dei cavalli nell'aria fredda. Mi sentivo fortunata ad avere il mio cappotto che mi teneva al caldo.

Dopo qualche ora, iniziammo a vedere Mytvathyr da lontano. Non potevo credere a quanto fosse bella! La città era così grande! Era circondata da cascate e da alberi altissimi e centenari. Molti di loro erano più alti degli edifici. Alcune case sembravano scolpite negli alberi stessi. Alte pareti rocciose circondavano la città e io potevo vederne solo una parte. Non vedevo l'ora di arrivare e ammirarla da vicino.

Arrivammo in città qualche ora dopo. I cancelli erano chiusi. Due guardie elfiche stavano in piedi in prossimità dell'entrata. Ci guardarono con severità.

"Alt! Non potete passare".

Ero perplessa e risposi: "Non capisco. Mi avevano detto che questa città era amichevole".

"A causa dei recenti attacchi, la città è stata chiusa dal Re e dalla Regina. Solo gli elfi possono entrare".

Li guardai accigliata.

Le guardie indicarono Elashor. "Solo lei può entrare".

Elashor scosse la testa. "Non esiste che io vada in città senza i miei amici".

Poi aggiunse: "Häs failôwm ëlvz, wônte yôlpe anotre ûnn?"

Le guardie si accigliarono.

"Daïsôlé. Kïnggz ôrdres.[2]"

Elashor mise il broncio.

---

[2] Mi dispiace. Ordini del Re.

Chiesi alle guardie: "Possiamo parlare con il Re e la Regina? Siamo stati inviati qui dal Signore dei vampiri e dalla sua Regina".

Le due guardie sembrarono sorprese dalla mia affermazione. Si guardarono l'un l'altra, senza sapere cosa rispondere. Ci studiarono attentamente. La prima guardia rispose: "Seguiteci".

Mentre la prima guardia apriva le porte della città, la seconda aggiunse: "Prova a fare qualcosa di strano e ti faccio a pezzi". Aveva un'aria così seria che non osai rispondere.

Li seguimmo in città. All'interno delle mura era ancora più bella. Camminammo sul sentiero di ciottoli verso il palazzo. L'architettura elfica era così elegante, si fondeva con la natura. Era una combinazione di pietra e legno con il vetro che creava meraviglie architettoniche. Passammo davanti a decine di case e negozi di ogni genere. Se avevi bisogno di vestiti, cibo, armi o armature, questa città sembrava avere tutto. C'era anche una libreria e mi chiesi se ci fossero molti autori elfici.

La gente si occupava dei propri affari, lanciandoci un'occhiata al nostro passaggio. Erano tutti elfi. C'erano gli elfi scuri, con la loro pelle nera d'ebano. I loro occhi brillavano, variando dal blu ghiaccio al rosso scuro. Alcuni di loro avevano la pelle grigia e i capelli bianchi. Immagino che fossero gli elfi grigi. Molti di loro erano alti. Erano facilmente riconoscibili per la loro pelle giallastra. Erano famosi per essere i migliori nella magia, ma preferivano rimanere tra di loro. Non amavano immischiarsi nei problemi degli altri. Incrociammo anche alcuni elfi della luna, elfi della neve, elfi del legno e un elfo alato. Non avevo idea di che razza fosse. Non avevo mai sentito parlare di un elfo alato. Era da togliere il fiato!

Un bambino ci indicò, sussurrando alla sua mamma: "Mômm. Lôukë. "

Lei lo rimproverò: "Dôntë pôïngt ätt peëapl".

Non sapevo bene di cosa si trattasse, ma non potevo fare a meno di pensare che fosse divertente il fatto che le madri dovessero rimproverare i loro figli allo stesso modo, indipendentemente dalla razza o dalla lingua.

Poco più avanti, arrivammo al palazzo. Si trovava al centro della città. Era una meraviglia da guardare. Le sue torri danzavano con le nuvole. Il sole si rifletteva sulle varie finestre, dipingendo una serie di colori sul sentiero di ciottoli sottostante. I viottoli sembravano fluttuare tra le varie torri del castello. C'erano anche alcune postazioni di osservazione dove le persone potevano ammirare il panorama o meditare in pace.

Avrei voluto poter rimaner lì più a lungo, ma le guardie ci portarono direttamente nella sala del trono. La gente sussurrava qualcosa al nostro passaggio. Eravamo gli unici umani, licantropi e vampiri in giro. Immagino che non vedessero spesso i nostri simili. Persino Elashor stava vicino ad Arius, stringendogli la mano. Ero felice di avere Steven al mio fianco. Sapere che era lì con me e sentire il calore del suo corpo vicino era sufficiente a farmi sentire meglio.

I servitori portavano piatti e vassoi pieni di cibo dal profumo divino. Ci guardavano mentre passavamo. Uno di loro era un elfo femmina scura. I suoi capelli erano rosso porpora in cima, con le punte rosso fuoco. Il suo sguardo giallastro e luminoso sembrava racchiudere segreti indicibili. Vedendo che era osservata, riportò rapidamente gli occhi sul pavimento, riprendendo le sue mansioni di cameriera.

Il Re era seduto sul suo trono. Era alto e aveva la pelle chiara e giallastra. I suoi capelli erano biondi e gli scendevano lungo le spalle. I suoi occhi erano gialli e verdi. Le sue palpebre erano così scure che sembrava fosse truccato, facendo risaltare ancora di più i suoi occhi. Le sue sopracciglia erano scure e severe. Aveva un aspetto virile ma aggraziato. La sua corona era fatta di ossidiana intersecata da foglie d'oro.

La Regina era seduta al suo fianco. Aveva lunghi capelli biondi con trecce su ogni lato della testa. La sua pelle era quasi bianca e i suoi occhi erano di un blu intenso. Le labbra rosse contrastavano con il colore della pelle, come un bocciolo di rosa nella neve. La sua corona era fatta di delicati fili d'oro intrecciati insieme, con un gioiello color acquamarina che le scendeva sulla fronte. La sua bellezza era quella di un fiore delicato che spargeva la sua fragranza su di noi nella dolce brezza estiva.

Le guardie si inchinarono davanti a loro. Noi facemmo lo stesso.

"Vostra Maestà! Quei forestieri hanno chiesto udienza a voi", dichiarò una delle guardie, tenendo la testa bassa.

"Chi siete?", chiese il Re.

Alzai gli occhi, incerta su come comportarmi di fronte al Re.

"Sono Bianca, figlia della Dea della Luna. Siamo state mandati qui dal Signore dei vampiri e dalla sua regina. Cerchiamo il vostro aiuto".

Il Re sollevò un sopracciglio alla mia affermazione.

"E di cosa potrebbero mai aver bisogno il potente Signore dei vampiri e la figlia della Dea della Luna?"

Non sapevo bene da dove cominciare. Avevo l'impressione che sarebbe stato meglio essere breve.

"Dobbiamo consultarci con la gilda della magia. Devo imparare a controllare la mia magia. Se posso avere qualche possibilità di combattere il demone Eurynomos, che ci sta facendo la guerra".

Il Re rifletté per un attimo. Il suo volto era severo e non lasciava trasparire nessuna emozione. Il mio cuore batteva forte. Molto dipendeva dalla mia capacità di controllare i miei poteri magici.

"Temo che non sia possibile".

Le sue parole stroncarono le mie speranze. Sapevo di dover mantenere la mia compostezza di fronte al Re, ma volevo protestare. Era così importante che imparassi a usare la mia magia.

Continuò: "Recentemente, arpie, centauri, goblin, orchi e persino demoni hanno attaccato la città. Molte persone sono morte. I membri della gilda magica sono incaricati di proteggere la città e di curare la nostra gente".

La mia mente correva, cercando di trovare qualcosa da replicare, qualsiasi cosa!

"Per favore, Vostra Maestà!" iniziò Blake, ma il Re fece un movimento con il braccio, chiedendogli di fare silenzio.

"Dovete andarvene", esordì la Regina. "La città è ormai un rifugio per la nostra specie. Non possiamo nemmeno più andare nei boschi senza temere un attacco. Non possiamo permetterci di avere estranei in città. Spero che possiate capire".

La sua voce era gentile e piena di premura verso il suo popolo. Stavano solo cercando di proteggersi dall'esercito del demone. Non capivano che eravamo lì per fermare il demone. Era l'unico modo per fermare gli attacchi.

Volevo rispondere qualcosa, quando una guardia irruppe nella stanza.

"Re Alluin, Regina Solandra, siamo sotto attacco! Alcuni bambini sono intrappolati in un boschetto qui vicino, accerchiati dai nemici. Le succubi si stanno avvicinando alle porte. Dobbiamo difendere la città!"

Il Re si alzò dal trono.

"È colpa vostra!", ci indicò. "Sono sicuro che l'esercito dei demoni vi ha seguito fin qui. Non abbiamo mai avuto attacchi di succubi prima d'ora".

Ci guardammo tutti e annuimmo.

"Occupiamoci di loro", disse Zach ad alta voce, ma era quello che stavamo pensando tutti.

Uscimmo dalla sala del trono in fretta e furia, senza aspettare le guardie, correndo verso l'ingresso della città. Non potevamo permettere che l'esercito dei demoni distruggesse la città o uccidesse bambini innocenti.

L'aria era sempre più calda man mano che scendevo. Per fortuna, tutti gli anni di addestramento avevano preparato il mio corpo a sopportare un ambiente così ostile. Ma stavo soffrendo tantissimo per la rottura del legame di coppia. Mi sentivo come se il mio corpo stesse per crollare a pezzi. Il mio lupo era ferito e silenzioso. Speravo solo di essere abbastanza forte da evitare che il mio lupo prendesse il sopravvento e cadesse nella sete di sangue. Ecco perché dovevo sbrigarmi. Dovevo sgozzare il responsabile della morte della mia compagna prima di perdere quel poco di controllo che avevo. Nella mia mente continuavo a vedere il corpo senza vita di Leila. Le mie braccia sembravano ancora stringere il suo corpo. Avrei dovuto trovare un modo per salvarla. Sono stato il peggior compagno di sempre, lasciando che si sacrificasse in quel modo. Sarei stato per sempre colpevole della sua morte. La rabbia mi invase quando mi resi conto di quanto l'avevo fatta soffrire.

Arrivai presto a una grande apertura. Era buio, l'aria era viziata. L'odore di cenere riempiva l'aria e faceva incredibilmente caldo. Mi rallegrai tra me e me. Sicuramente questo era il mondo sotterraneo. Questo mondo era come un incubo lugubre, un mondo abitato dalle ombre, privo di speranza, squallido e desolato.
I polmoni mi facevano male a causa del caldo torrido e gli occhi bruciavano per lo zolfo, ma ero

più forte di tutto questo. Mi diressi verso lo Stige, il fiume nero e fangoso. Sapevo di dover attraversare le sue acque velenose per raggiungere Eurynomos. Mi avvicinai alla riva, fissando il fiume dell'odio e dei voti infrangibili. Giurai che avrei vendicato la morte di Leila.

Vidi un traghetto avvicinarsi alla riva dove decine di anime aspettavano di salire a bordo, con la loro moneta d'oro in mano. Sapevo che il traghettatore era Caronte, un vecchio scheletro emaciato. Non avevo una moneta d'oro, ma sicuramente potevo trovare un modo per farlo ragionare. Sogghignai.

Lasciai che le anime salissero sul traghetto. Caronte tese le sue lunghe dita ossute per farsi consegnare nelle mani una moneta mentre cercavo di salire sul traghetto.

A denti stretti risposi: "Non ho una moneta".

Mi fissò duramente con i suoi occhi vuoti. Era lui a dettare le regole qui e non gli piaceva che cercassi di sfidarle. Ma non avrei permesso a nessuno di fermarmi.

"Niente moneta, niente passaggio".

Il suo tono era minaccioso. La gente si allontanò dal traghetto, cercando di evitarci. Lo provocai ulteriormente, rendendo chiaro le mie intenzioni. Mi avvicinai di un passo e risposi duramente.

"Non sono qui per giocare. Tu mi porterai dall'altra parte".

Fiamme verdi si accesero nelle orbite vuote di Caronte. Un vento magico attraversò il mio corpo mentre lui faceva un movimento con il braccio.

"Nessuno infrange le regole".

Era furioso. Sentivo che stava trattenendo il suo potere. Era solo un avvertimento e mi chiedevo perché non mi avesse attaccato apertamente. Il suo potere era così grande da doverlo trattenere? Accantonai quel pensiero. Non importava; avevo tutte le ragioni per combattere. Colpii con la spada sacra il suo braccio, staccandolo dalla spalla. Caronte grugnì. Mi ignorò e raccolse il braccio, riattaccandolo al corpo.

"Sei così ansioso di morire? Stupido mortale!"

Inviò un lampo di magia al mio ginocchio. Il dolore si propagò dalla gamba al corpo, facendomi cadere a terra e paralizzandomi. Ansimavo mentre aspettavo che il mio corpo si muovesse di nuovo.

"Non sarò il solo... a morire".

Parlai con fatica mentre lottavo per rialzarmi, il mio corpo tremava per lo sforzo e perle di sudore si accumulavano sulla mia pelle.

"Creatura patetica!", sputò Caronte. "Non vedi quanto sei debole? Ti ho messo in ginocchio con solo una frazione dei miei poteri. Perché sei così ansioso di morire?"

Imprecai. Era più potente di quanto pensassi. Se era così potente, allora quanto era forte Eurynomos?

Ruggii di rabbia: "Ho delle cose da fare con Eurynomos, e tu non me lo impedirai".

Caronte improvvisamente sorrise, il suo volto si illuminò di una forza malvagia che non credevo possibile.

"Oh! Allora vuoi parlare con il maestro, perché non l'hai detto?"

Il suo sorriso era vile e contorto.

"Credo di poter fare un'eccezione, allora", aggiunse, mentre mi faceva salire a bordo della sua barca.

Stupito, attesi qualche secondo. Era una trappola? Perché aveva cambiato idea così all'improvviso? Salii a bordo della barca.

"È meglio che ti riposi mentre attraversiamo. Ne avrai bisogno".

Non mi piaceva il suo tono. Si era arreso troppo facilmente. Voleva che affrontassi Eurynomos? C'era una trappola che mi aspettava dall'altra parte? Era così potente che avrebbe potuto schiacciarmi come un insetto. Non andava bene, ma almeno avevo ottenuto un passaggio gratis.

La barca scivolava silenziosa sulle acque scure dello Stige. Il mio corpo si sentiva meglio e la mia forza era rinnovata. Continuai a guardare Caronte. Non mi fidavo affatto di quel vecchio scheletro. Tutto in me mi diceva di essere vigile. Mi aspettavo di essere attaccato da un momento all'altro. Pensieri oscuri offuscavano la mia mente. Ero pazzo a cercare di combattere Eurynomos? Avrei mai avuto una possibilità? Non ero riuscito a combattere nemmeno contro Caronte sul traghetto. Come potevo sperare di sconfiggere Eurynomos? Non importa, avrei vendicato la morte di Leila, o sarei morto nel tentativo di farlo.

Quando ci avvicinammo all'altra sponda dello Stige, potei vedere innumerevoli portali generati. L'esercito dei demoni era in attesa di passare nel mondo dei vivi. Sebbene alcuni di loro fossero più composti, come le succubi, altri erano creature stupide e senza cervello, che combattevano tra loro, come gli orchi. Avrei sicuramente dovuto combattere passando tra loro per raggiungere Eurynomos.

Al centro del Tartarus si ergeva una grande struttura. Doveva essere sicuramente il luogo in cui risiedeva. Non vedevo l'ora di arrivare lì e uccidere quel bastardo. Niente mi avrebbe impedito di uccidere l'assassino di Leila. Nelle mie vene bruciava energia di vendetta, facendo battere il mio cuore con rabbia e mantenendo il mio corpo in movimento. Impugnai la spada mentre la barca

finalmente   attraccava   all'altra   sponda,
preparandomi alla lotta che mi attendeva.

Capitolo 4 (Blake)

Un diamante nero

Eravamo tornati alle porte della città in men che non si dica. Era facile seguire il rumore della battaglia. Le succubi si stavano unendo alle arpie, attaccando dall'alto. Orchi e centauri attaccavano da terra, combattendo contro le guardie elfiche. Era evidente che stavano per essere sopraffatti. Potevamo sentire le urla dei bambini un po' più in alto.

"Io aiuterò i bambini. Voi occupatevi di quelli che sono qui", ci gridò Zach, prima di passare alla sua forma di lupo, con la sua spada levitante preferita che lo seguiva. Continuava a impressionarmi con la sua velocità e la sua forza. Sicuramente non avrebbe avuto problemi ad affrontare qualsiasi cosa si trovasse nel boschetto e stesse aggredendo i bambini.

Anche Steven si spostò, preferendo combattere nella sua forma di lupo. Bianca lanciò sfere di magia elementale contro le succubi e le arpie, facendole cadere a terra. Da lì, Steven ed Elashor li avrebbero attaccati. Mentre Steven li decimava con gli artigli e i denti, Elashor li fendeva con la sua doppia spada. Arius e io affrontavamo gli orchi e i centauri.

Arius era un potente principe vampiro. Amava usare i suoi poteri sui nemici, uccidendoli con la magia o bevendo il loro sangue. Ma nel mio caso, niente avrebbe mai potuto sostituire la sensazione della mia spada che trafiggeva i nemici. Il sangue mi scorreva nelle vene, l'adrenalina mi scorreva nel corpo.

I miei occhi lampeggiarono al profumo del sangue, ricordandomi che era da qualche giorno che non mi nutrivo adeguatamente. Forse oggi avrei dovuto fare un'eccezione, pensai mentre saltavo addosso a un centauro, affondandogli i denti nel collo e bevendo la sua vita. Cercò di divincolarsi, ma usai i miei poteri vampirici per tenerlo fermo. Il sangue cominciò a lasciare il suo corpo, così come la sua volontà di combattere. Bevvi fino all'ultima goccia. Quando il sangue entrò nel mio organismo, sentii ogni fibra del mio corpo ripristinarsi. Era una sensazione euforica alla quale non avrei mai rinunciato.

Non appena mi fui ristorato a dovere, feci a pezzi i nemici rimasti finché non ne rimase nessuno in piedi.

Le guardie elfiche sembravano esauste, ma le vittime erano state limitate.

"Vediamo se Zach e i bambini stanno bene", gridò Bianca.

Correndo verso il boschetto, vedemmo mucchi di goblin morti a terra. Zach era ancora nella sua forma di lupo. I bambini si erano nascosti dietro i cespugli.

Parlarono timidamente: "Prôszę, dôntë eëtte ôssë.[3]"

Non avevo idea di cosa stessero dicendo. Elashor sorrise e avanzò dolcemente verso di loro.

Disse loro dolcemente: "Dôntë ëtry scarëde. Wiï wônte härmm yôou. "

Si inginocchiò accanto al lupo di Zach e cominciò ad accarezzarlo dolcemente. Lui sembrò capire dove voleva arrivare e si sdraiò a terra, appoggiando la testa sulle zampe anteriori. I bambini sbirciavano da dietro i cespugli. Una bambina si fece timidamente avanti e iniziò ad

---

[3] Please, don't eat us.

accarezzare il lupo. Vedendo che non c'era pericolo, anche gli altri bambini uscirono dal nascondiglio. Lo stimolo di accarezzare un lupo sembrò prevalere sulla paura di ciò che era accaduto prima.

Rimasi lontano, non volendo spaventarli. Dopo un po', alcuni di loro si misero a ridere. Anch'io non potei esimermi dal sorridere, pensando a come questo potente vampiro-licantropo stesse facendo il bravo con i bambini.

"Cômm, lëtts gëtte yômm", disse Elashor, alzandosi in piedi e porgendo la mano ai bambini.

La bambina le afferrò la mano. Gli altri bambini la seguirono mentre ci incamminavamo verso la città. Quando ci avvicinammo alle mura della città, alcuni elfi adulti accorsero, abbracciando i loro bambini.

Le guardie si avvicinarono a noi.

"Venite, facciamo rapporto al Re".

Le seguimmo al castello. Quando entrammo nella sala del trono, una giovane serva passò davanti a noi, portando delle vivande al Re e alla Regina. Un ringhio mi rimbombò nel petto come prima, quando l'avevo notata per la prima volta. Mai in vita mia una donna aveva avuto un qualche effetto su di me. Ma in qualche modo, lei suscitava in me emozioni che comprendevo a malapena.

Era davvero magnifica. Un bellissimo diamante nero nascosto alla vista, in attesa di essere colto. I suoi capelli erano violacei in cima e poi rossi come il fuoco. Gli occhi erano gialli e le labbra rosse. Un fiore giallo brillava, incastonato nella sua pelle, appoggiato sul petto appena sopra i seni, come un gioiello permanente. Non avevo mai visto nulla di simile. Il mio corpo fu attratto da lei. Riuscivo solo a pensare a quanto mi sarebbe piaciuto affondare le mie zanne nella sua pelle e reclamarla. Se era così che ci si sentiva quando si trovava la propria compagna, potevo capire perché il loro legame era durato per sempre.

Alzò gli occhi per un attimo, fissando la mia anima. Ero quasi sicuro che potesse percepirla anche lei. Potevo sentire il suo profumo fin da dove mi trovavo. Un irresistibile profumo di pesche e spezie che mi inebriava. Mi chiesi se il suo sapore fosse buono come il suo profumo. Abbassò gli occhi e mise i piatti sul tavolo reale.

Il Re mi distolse dai miei pensieri.

"Le guardie hanno già riferito quello che è successo. Avete reso un grande servizio a questa città. Abbiamo deciso di farvi rimanere".

Questa era un'ottima notizia. Avevamo davvero bisogno che Bianca padroneggiasse i suoi poteri il più velocemente possibile. Questo demone doveva essere affrontato.

"Siete liberi di visitare la città e la gilda magica. Le stanze saranno messe a vostra disposizione quando tornerete", aggiunse la Regina.

Chinai la testa di fronte al Re e alla Regina.

"Grazie, Vostra Maestà!", disse Arius.

"Eshenesra!" urlò un uomo dalla cucina. "Vieni qui, sgualdrina incompetente. Dovresti sapere che devi svolgere i tuoi compiti con cura, se non vuoi finire di nuovo a occuparti della stalla".

La donna sobbalzò al suono della voce di quell'uomo. Quindi, Eshenesra era il suo nome, pensai. Che bel nome.

Ma non potevo apprezzarlo, non per il modo in cui quell'uomo le stava parlando. Strinsi i denti, ricordandomi che ero di fronte al Re e alla Regina, che rimasero indifferenti a quelle parole.

Un piccolo elfo grasso si precipitò nella stanza, guardando con rabbia Eshenesra. Passando accanto a lei, la urtò, facendole cadere una ciotola di zuppa sul pavimento.

Cominciò a insultarla mentre lei raccoglieva la zuppa dal pavimento con il grembiule. I suoi vestiti erano macchiati, le sue labbra tremavano e le lacrime scorrevano silenziose sulle sue guance.

Guardai la scena stringendo i pugni. La rabbia ribolliva dentro di me. Volevo tanto aiutarla, ma non potevo fare nulla. Non intendevo causare alcun problema politico. Ci era stato solo concesso il diritto di rimanere in città e nel castello.

Ma la verità è che avrei voluto staccare la testa a quell'uomo. Il modo in cui si rivolgeva alla mia Eshenesra era inaccettabile. Ho appena detto "mia"? Credo di sì... L'unico modo in cui potevo spiegare ciò che provavo era che sentivo che lei era la mia compagna designata. E come suo compagno, era anche mio dovere proteggerla. E mi uccideva dentro guardare impotente quell'uomo che le sbraitava contro.

"Andiamo in città". La mano di Zach si posò sulla mia spalla, facendomi girare la testa e allontanando così lo sguardo dalla mia compagna. Gli feci un cenno, poi tornai a guardare la mia bellissima compagna, ancora a terra.

Gli occhi tristi di Eshenesra si posarono su di me. In quel momento, avrei voluto prenderla tra le mie braccia, per consolarla, asciugare le sue lacrime e proteggerla. Avrei voluto dirle tante cose in quel momento.

A malincuore, mi voltai e seguii gli altri fuori dal castello, in città.

*********** POV: Eshenesra ***********

Ancora una volta rimproverata per qualcosa che non ho fatto. Quanto odiavo Scalanis! Mi maltrattava da anni. Da quando avevo rifiutato le sue avances, si era imposto di farmi arrabbiare il più possibile. I miei vestiti erano macchiati. La zuppa bollente aveva attraversato i miei vestiti fino a raggiungere la mia pelle, dove aveva bruciato per un po' prima di spegnersi. Mi vergognavo così tanto che mi avesse rimproverato davanti a quegli estranei. Soprattutto davanti a quell'alto guerriero che mi stava guardando. Sentivo il peso del suo sguardo fisso su di me. Sembrava molto forte. Mi piaceva il modo in cui i suoi capelli neri gli arrivavano alle spalle. Non avevo potuto fare a meno di notare i tatuaggi che coprivano completamente un braccio.

Ma ero una sciocca anche solo per aver avuto questi pensieri. Nessuno poteva amare una persona come me, una povera serva del castello. Essendo nata come elfo femmina scura, ero stata condannata a una vita di servitù fin dall'inizio.

Sono nata senza magia e non potevo brandire un arco. I miei genitori furono crudelmente uccisi davanti a me quando ero solo una bambina, durante la grande rivolta contro la nostra specie. Io fui risparmiata, dato che ero solo una bambina, ma spesso ho desiderato che avessero deciso di uccidere anche me. Almeno non avrei dovuto sopportare tutto questo.

Ora ero costretta a servire gli alti elfi. La loro razza ci odiava da generazioni, senza nemmeno cercare di nascondere il loro disprezzo per noi. Sebbene il Re e la Regina fossero sempre stati gentili con me, Scalanis era un elfo vile. Mi odiava e non cercava di nasconderlo. Era il capo della servitù. Il Re aveva sempre ignorato il modo in cui Scalanis si rivolgeva a me.

Scalanis sapeva come colpirmi in modo da non lasciare il segno. O che nessuno potesse vedere il segno. Di certo il Re e la Regina non avrebbero tollerato che qualcuno mi colpisse. O forse sì? Non ne ero più sicura. Nessuno mi avrebbe creduto comunque. La mia voce era contro quella del capo dei servi. Tutti lo temevano. Lui ne era certo. E se qualcuno di noi avesse provato a opporsi a lui, chissà come sarebbe potuto succedere. Nessuno avrebbe osato contraddirlo.

Raccolsi velocemente tutto ciò che era sul pavimento. Sapevo che se non fossi stata abbastanza veloce, mi avrebbe punita lontano dalla vista degli altri.

Un giorno speravo di poter vivere liberamente in città. Sapevo che molti elfi scuri vivevano liberamente nella città. Andavo a trovarli nelle rare occasioni in cui avevo un giorno libero. Oppure li incontravo semplicemente per strada, mentre andavo a prendere le provviste per il castello.

Questa città avrebbe dovuto essere un rifugio per tutte le razze elfiche, che avrebbero dovuto vivere insieme in armonia.

"Eshenesra!" urlò Scalanis dagli alloggi della servitù. Strinsi i denti alla voce del vile elfo. Un giorno gli avrei gridato tutto il mio odio. Un giorno l'avrei affrontato e gliel'avrei fatta pagare. Ma per ora dovevo obbedire.

"Arrivo", risposi prima di raggiungerlo velocemente.

*********** POV: Kate ***********

Damien era partito qualche ora prima per controllare l'addestramento dei combattenti e delle reclute. Negli ultimi giorni era aumentato il numero di persone che volevano combattere con noi. Molti di loro avevano poca o nessuna esperienza. Era imperativo addestrarli, e in fretta. Soprattutto perché, con l'attuale ritmo degli attacchi, avrebbero potuto essere costretti a scendere in battaglia il prima possibile. Mandarli a combattere senza addestramento avrebbe significato condannarli a una morte certa.

Controllai l'infermeria improvvisata nella sala da ballo. Fui piacevolmente sorpresa di vedere che Elwin e Ravynne erano riusciti a prestare le loro cure ai feriti. Forse non erano tutti pronti per tornare in battaglia, ma era meglio di quanto mi aspettassi.

Mi diressi verso il cortile per controllare le riparazioni. Il cancello principale era stato sistemato. Si stavano costruendo le fortificazioni. Ravynne era in piedi al centro del cortile. Aveva gli occhi chiusi, le mani giunte e i capelli che danzavano nell'aria. Potevo sentire l'energia che scorreva intorno a noi. Elwin era in piedi poco distante da lei e sorrideva.

"Cosa sta facendo?" chiesi quando fui abbastanza vicina.

Si girò verso di me e chinò leggermente il capo prima di rispondere.

"Una bellezza, vero? Sta lanciando un incantesimo di protezione sul castello".

A questa affermazione rimasi a bocca aperta.

Chiesi incredula: "Un incantesimo protettivo su tutto il castello, da sola?"

Elwin sorrise alla mia domanda.

“Incredibile, vero? È davvero una strega potente”.

Mi misi al fianco di Elwin, osservando con stupore l'energia che fluiva da Ravynne. Mi sentivo grata per il suo aiuto. Era una benedizione averla con noi.

Dopo un attimo, Ravynne smise di lanciare la sua magia. Il vento che ci circondava si spense. Ansimando, cadde in ginocchio. Io ed Elwin ci precipitammo al suo fianco.

“Stai bene?”, chiese Elwin.

Lei annuì, riprendendo fiato.

“È fatta”, sussurrò.

“Portiamola sulla panchina sotto la quercia” dissi a Elwin.

Lui annuì. L'aiutammo ad alzarsi, sostenendola ciascuno per un braccio. Camminammo lentamente verso la panchina. L'ombra dell'albero offriva un bel posto per riposare.

“Non riesco a esprimere la mia gratitudine per il tuo aiuto”, dissi a Ravynne.

I suoi occhi si illuminarono e sorrise al mio commento.

“Non è niente, davvero. Faccio solo la mia parte per aiutare, mia Regina”.

"Dovreste riposare qui", suggerii.

Elwin aggiunse: "Starò con lei finché non starà meglio".

Annuii e feci il giro del cortile.

Mi piacque molto il fatto che i nostri soldati stessero scherzando e conversando insieme nell'attesa dell'ondata successiva. Ero felice di vederli rilassarsi e divertirsi nonostante tutto. Anche i combattenti stranieri, Cain e Zarek, si stavano integrando con gli altri.

I draghi erano distesi un po' più in là. Alcuni soldati cercavano di avvicinarsi a loro con cautela, non sapendo se fosse sicuro stare vicino a loro o meno. I draghi non sembravano preoccuparsi. Lasciarono che i soldati curiosi si avvicinassero a loro.

Cara era sdraiata al fianco di Ladon. La sua testa era intrecciata con quella del suo amato. La sua coda era raggomitolata intorno a lei, tenendola stretta a sé. Sembrava che la stesse abbracciando. Era bellissimo vedere quanto si amavano. Mi sono detta: "Vorrei che Damien fosse qui con me".

Proprio mentre pensavo a questo, mi girai e intravidi Elwin che teneva la mano di Ravynne, seduta sulla panchina. Le sorrideva mentre parlavano. Non avrei mai pensato che questo vecchio vampiro potesse mostrare tanta cura e tenerezza verso qualcuno. È stato commovente vedere come l'amore possa colpire, indipendentemente dall'età.

La terra tremò all'improvviso, scuotendo le pareti del castello e facendo cadere la polvere a terra. Seguì un profondo boato. Cercai di aggrapparmi a qualcosa, ma non c'era nulla nelle vicinanze. Persi l'equilibrio e caddi in ginocchio a terra. Fortunatamente le mie mani arrestarono la caduta, impedendomi di farmi male.

Non era una bella cosa. Non sapevo quale fosse la causa, ma mi si rizzarono i capelli. Mi guardai intorno. Tutti guardavano da ogni parte, cercando di capire cosa fosse appena successo. Sapevo solo che non poteva essere una cosa buona. Avevo un brutto presentimento.

Non ebbi il tempo di pensarci prima che uno dei soldati della torre di guardia urlò: "Stanno arrivando! Preparatevi!"

I soldati cominciarono a correre in ogni direzione, afferrando armi e scudi, per raggiungere la loro posizione. I draghi si alzarono in volo, preparandosi a difenderci dall'alto. Elwin e Ravynne si affrettarono a entrare nel castello. Dovevano preparare dei letti nell'infermeria per ospitare i soldati che sarebbero stati feriti.

Damien si precipitò al mio fianco, con un'espressione preoccupata. Mi sollevò da terra e mi prese in braccio.

"Sbrigati, devi entrare, mio piccola lupacchiotta".

Per quanto la mia lupa volesse combattere il nemico, sapevo che aveva ragione. Dovevo concentrarmi su me stessa e sul bambino. Tornammo insieme all'interno del castello.

Capitolo 5 (Eurynomos)

Un'oscura tentazione

Finalmente il portale principale era aperto! Alcuni goblin sono morti durante questa operazione, ma erano comunque superflui. Ero finalmente libero di viaggiare nel mondo dei vivi. Tuttavia, i miei poteri erano ancora ridotti. Dovevo ripristinarli. Dovevo trovare un vascello per farlo. Preferibilmente uno dalla potenza elevata.

Due demoni di livello minore irruppero nella mia stanza con un'espressione impaurita.

"È meglio che non mi roviniate la giornata", li avvertii.

Si guardarono nervosamente l'un l'altro.

"Beh..", cominciò uno.

Esitava e la cosa mi dava sui nervi.

"Sputa il rospo, subito!"

I due si irrigidirono per la paura.

Lo stesso demone continuò timoroso: "Sembra che il licantropo sia qui. Ha trovato un modo per salire sul traghetto. Sta arrivando proprio ora".

Dopo aver parlato, mise il braccio davanti a sé come per proteggersi. Gli ringhiai contro. Non avevo bisogno di ulteriori ritardi. Ci era già voluto abbastanza tempo.

Spingendo la mia energia in avanti, scrutai il mio dominio. Percepii la sua forza vitale che veniva verso di me. Non era così lontano e sarebbe arrivato in fretta. Era forte, ma non abbastanza. Ma soprattutto era solo. Quella sciocca ragazza non era qui. Non era con lui. Il che significava che questo stupido mortale non poteva fare nulla contro di me.

I due demoni minori di fronte a me stavano ancora aspettando i miei ordini.

"Mi occuperò di questo sciocco impudente quando arriverà. Preparate i nostri guerrieri".

Annuirono e si affrettarono a uscire dal mio palazzo. Avrei schiacciato questo idiota. Poi mi sarei dedicato a ristabilire i miei poteri.

Un rombo profondo scosse il terreno. Non avevo idea di cosa fosse, ma probabilmente proveniva dalla grande struttura dove si trovava Eurynomos. Non avevo intenzione di aspettare per scoprire cosa fosse. Quando la barca attraccò alla riva, le anime cominciarono a scendere.

Caronte mi sorrise perfidamente.

Mi parlò con tono contorto: "Vorrei poter assistere di persona a ciò che il destino ti riserva".

Mi limitai a fissarlo e a scendere dalla barca, con un brivido che mi percorreva la schiena.

Mi diressi verso la struttura scura. Sembrava una torre cupa circondata da un sudario di nubi altrettanto cupe. La cima della torre aveva punte che emanavano una fiamma blu incandescente. Un'aura malvagia sembrava diffondersi da essa, rendendo l'aria pesante e soffocante mentre mi avvicinavo. Orchi e demoni minori cercarono di attaccarmi. Mi liberai rapidamente di loro. Non erano una sfida per me. Ora che ero più vicino alla torre, sembrava più grande di quanto pensassi. Spinsi la pesante porta di metallo ed entrai.

Arrivai a un lungo corridoio buio. Alla fine c'era una grande stanza. Un lampadario pendeva dai motivi intersecati che riempivano il soffitto. Una grande libreria occupava la parete sinistra, con alcune sedie per sedersi a leggere. Uno strano portale era ancorato al suolo con pilastri di bronzo.

In fondo alla stanza c'erano due troni. Il più grande era vuoto. Strinsi i pugni quando capii che doveva essere il trono di Eurynomos. Quel bastardo non meritava di averne uno. Su quello più piccolo c'era qualcuno seduto pigramente.

Feci un passo avanti. Guardai con stupore quello che potevo solo descrivere come un angelo femminile che volava in aria. Cosa ci faceva un angelo qui? Indossava un abito rosso attillato decorato con fili d'argento. Le sue ali erano nere, incastonate con gioielli rossi. La sua pelle era pallida e i suoi capelli erano neri come i suoi occhi. Era sicuramente un angelo. Ma non dovevo lasciarmi ingannare. Riuscii a vedere la sua anima con il mio potere interiore Alfa. Era oscura e potente.

Si mise davanti a me, con le ali spiegate e i piedi che quasi toccavano terra.

"Bene, bene. Che cosa abbiamo qui?", chiese in tono maligno.

"Togliti di mezzo", ringhiai. "Ho delle cose da sistemare con Eurynomos".

I suoi denti appuntiti apparvero mentre sorrideva e si leccava le labbra.

"Hm..", esclamò. "Non credo che gli piacerebbe che tu lo disturbassi. È molto occupato, capisci?"

Il modo in cui il suo volto si illuminò al pensiero del demone mi disgustò.

Sputai con rabbia: "Dovresti vergognarti di essere caduta nelle grazie di un demone così lurido".

Lei rise di cuore al mio commento, il suono della sua voce risuonò attraverso le pareti.

"Oh, lupacchiotto... Se solo sapessi quanto mi piace la sua grazia". I suoi occhi brillavano di lussuria mentre pronunciava quelle parole.

Un forte ringhio mi sfuggì dal petto. Era una vergogna per la sua razza.

"Sei disgustosa".

Fece finta di sentirsi offesa.

"Non è una cosa carina da dire, lupacchiotto. Non è così che si dovrebbe trattare una signora".

Le ringhiai contro: "Metterò fine alle tue sofferenze".

Corsi verso di lei, mentre anche lei correva verso di me. Le feci roteare la spada contro, mentre lei mi graffiava con le sue unghie affilate. Faceva più male del dovuto. Una strana sensazione cominciò a riempirmi e mi costrinse a respirare pesantemente.

Grugnii: "Che diavolo è?"

Lei sorrise perfidamente.

"È solo un piccolo vantaggio che ho ottenuto quando ho bevuto il sangue del demone. Quel veleno dovrebbe aiutarmi a liberarmi di te più velocemente".

I miei occhi si spalancarono quando disse "veleno". Non sapevo quanto fosse potente. Mi stava rallentando, ma non avrei permesso che mi fermasse.

Lanciai la spada contro il suo collo non protetto. Veloce come un fulmine, fermò la lama a mani nude. La mia lama non la scalfì minimamente. Lottai per tenere la lama contro il suo collo, ma lei spingeva contro di essa con una notevole forza. Alla fine riuscì a togliere la lama dal collo, di lato.

Parlò con insolenza: "Dovrai fare meglio di così, lupacchiotto".

Mi stava provocando, si stava prendendo gioco di me.

Mi attaccò, lanciando nastri di energia nera verso di me. Non avevo idea di come riuscisse a farlo. Nel pavimento apparvero dei buchi dove i suoi nastri atterravano, mentre io riuscivo a malapena a evitarli. Il veleno che mi scorreva nelle vene mi stava rallentando. Saltai, cercando di attaccarla dall'alto. Anche lei saltò, aiutata dalle sue ali, e mi raggiunse in aria. Inviò un'onda di energia verso di me, mentre io le lanciavo la mia lama che riuscì a passare attraverso la sua energia. Tuttavia, la punta della spada le scalfì appena la guancia. Sangue nero colava dal segno che aveva lasciato.

Mi attaccò con tutto il suo corpo. Le mattonelle vennero calciate in aria e il dolore mi squarciò la schiena mentre cadevo a terra, con il corpo dell'angelo che pesava su di me. Spingendo con tutta la mia forza, riuscii a farci roteare, salendo sopra di lei. Sbattendo le ali, riuscì a spingermi indietro e a volare via un po' più lontano.

Trasalì. Si mise una mano sulla guancia sanguinante.

"Fa male. Che diavolo mi hai fatto?"

Sorrisi al suo commento.

"Credo che sia la mia spada sacra, che reagisce al tuo vile sangue demoniaco".

I suoi occhi si dilatarono e non potei fare a meno di ridere, felice di sapere che la mia lama era efficace contro di lei. Si lanciò di nuovo contro di me, ma riuscii a evitarla. Continuò ad attaccarmi e io continuai a evitarla, ma stavo rallentando sempre più. Sentivo il veleno farsi strada nelle mie vene. La mia vista si offuscò per un attimo prima di ritornare. Sentivo lo stomaco ribollire. Il mio lupo cercava di combattere il veleno, ma era già ferito per la rottura del legame di coppia. Dovevo concludere in fretta, o il mio corpo mi avrebbe tradito.

Le feci roteare la spada addosso. Urlò quando riuscii a squarciarle il seno. Il sangue gocciolò da esso, macchiando il suo vestito. Mi sembrava che la spada sacra avesse in qualche modo un effetto ustionante su di lei. Mi inviò un'altra ondata di nastri di energia nera, ma stavolta li evitai facilmente. I nastri si schiantarono contro la libreria, facendo volare in aria libri e carta. Ero sicuro che stesse rallentando. Era la mia occasione per avere la meglio.

Saltai attraverso la successiva onda di nastri di energia che mi inviò e riuscii ad avvicinarmi a lei. Rapidamente, infilzai la mia lama con forza nel suo intestino, trascinando la spada verso l'alto. I suoi occhi si spalancarono e si bloccò, sorpresa dal dolore improvviso che le squarciava il corpo. Un unico grido di dolore le sfuggì dalle labbra. Guardai il suo corpo senza vita cadere a terra. Sangue nero si sparse intorno al suo corpo.

Ansimavo per lo sforzo. Sentivo ancora il veleno che mi scorreva nelle vene. La stanza era piena di polvere e di detriti causati dai nostri combattimenti. Nell'aria aleggiava l'odore di pagine strappate e di sangue. Piume nere indugiavano sul pavimento ovunque.

Dal corpo dell'angelo morto emerse una luce nera, seguita da una luce bianca pura e accecante. Mi chiesi se fosse stata perdonata per i suoi peccati o se sarebbe stata dannata per l'eternità.

Un lento battito di mani mi distolse dai miei pensieri. Alzai lo sguardo dal corpo dell'angelo e vidi un demone nero e alto davanti a me. Era più alto di me. Potevo sentire quanto fosse potente. L'aria crepitava intorno a lui, piena di potere. Potevo guardare la sua anima. Era enorme e più scura di qualsiasi altra cosa avessi visto in passato. La rabbia mi pervase quando capii che si trattava di Eurynomos.

"Notevole, per un semplice mortale", disse con voce disgustata prima di guardare il corpo dell'angelo sul pavimento. "Peccato. Era così bella da scopare".

La bile mi riempì la bocca al pensiero di questo vile demone che si scopava un angelo. O qualsiasi altra cosa... Non riuscivo a immaginare che qualcuno volesse scoparsi un demone.

Gli sputai addosso: "Stai zitto, assassino".

"Iniziamo già con pesanti accuse... Non sono io che ho ucciso Amaliel".

Gli ringhiai contro: "No, ma sei tu che hai ucciso la mia compagna".

Il demone sorrise perfidamente.

"Ancora una volta, devo dire che non sono stato io ad affondare la spada nel suo corpo".

Il mio lupo guizzò di rabbia per quella frase e un ringhio mi sfuggì dal petto. Non riuscivo più a ragionare. Mi precipitai verso di lui con la spada sacra. Eurynomos non si mosse affatto. Bloccò il mio colpo senza nemmeno alzare un dito. Continuai a sferrare colpi su colpi, cercando disperatamente di uccidere l'assassino della mia amata, ma non riuscii a metterne a segno nemmeno uno. Un altro colpo lo centrò sul braccio, ma non indietreggiò.

Continuai a colpire con la spada, la disperazione mi attanagliava quando divenne evidente che non potevo ucciderlo. Perché? Perché il destino era così crudele? Avevo perso la mia compagna e non potevo uccidere il responsabile della sua morte. Continuai a lottare finché non ansimai per lo sforzo. I polmoni mi bruciavano. Ogni muscolo del mio corpo mi faceva male. Non riuscivo quasi più a muovermi. Le ferite riportate in precedenza in altre battaglie e il veleno cominciavano ad avere il loro peso sul mio corpo.

Tutto quello che ho fatto per arrivare qui... È stato tutto vano? Mi sentivo così inutile. Maledissi il demone. Tutto quello che sapevo. Tutto era una menzogna. Questa vita era una bugia. Gli dèi, se esistevano, erano una menzogna. Non c'era giustizia in questo mondo. Solo dolore e sofferenza. Sarei stato per sempre tormentato dalla morte della mia compagna e dalla mia incapacità di vendicarla. Questa consapevolezza mi colpì più di ogni altra cosa, ferendomi nel profondo dell'anima.

“Hai finito?” chiese Eurynomos con voce da bambino. “Povero piccolo mortale... Così fragile, così inutile!”

Si avvicinò a me e mi toccò il braccio. Cercai di allontanarlo, ma riuscii a malapena a muoverlo.

“Come ci si sente? Essere l'assassino della donna che amavi”.

“Non l'ho uccisa io!” urlai con quel poco di energia che mi era rimasta.

Eurynomos si lamentò infastidito.

“Basta con le bugie! L'hai uccisa, proprio come hai ucciso lei che giace qui sul pavimento”.

Guardai il corpo dell'angelo. Era vero. L'avevo uccisa. Quanti ne avevo uccisi di recente? Il fatto che fossero orchi e goblin giustificava il fatto che li avessi uccisi? Andava bene perché erano i cattivi? Ai loro occhi, ero io il cattivo. Cosa penserebbe mia madre se mi vedesse in questo momento? Le mie mani erano sporche di sangue. Non sarei mai riuscito a pulirle.

“Allora, ho un modo per renderti utile”.

“Non voglio niente da te, miserabile demone che non sei altro!”

“Ascoltami prima di dire di no. Potrei aiutarti a fare ciò che tu non sei riuscito a fare. Con i miei poteri, potresti far rivivere la tua dolce Leila. Potresti tenerla tra le braccia e baciarla di nuovo".

Il mio cuore smise di battere a questa rivelazione. Stava dicendo la verità? Certo, non lo stava facendo. Stava cercando di ingannarmi. È quello che fanno i demoni. Cercai di muovermi di nuovo, ma il mio corpo si sentiva debole.

"Tu menti! Smettila di parlare e uccidimi subito, perché non posso uscire di qui".

"Tu!" Eurynomos gridò a un goblin nascosto in un angolo.

Si avvicinò cautamente, fissando me e il demone con diffidenza.

"Apri un portale verso il boschetto sacro di Ares, verso la stanza dove giace la ragazza".

Annuì nervosamente. "Sì, maestro".

Guardai faticosamente mentre il goblin recitava alcune parole. Uno squarcio si aprì nella realtà, spalancando una finestra che mi permise di osservare il boschetto sacro di Ares. Gli orchi erano nella stanza e stavano distruggendo tutto ciò che potevano. Il tetto era in parte caduto e grossi massi giacevano a terra. Lì, al centro della stanza, esattamente dove l'avevo lasciata, c'era Leila. Il suo corpo senza vita giaceva sul pavimento in una pozza di sangue. Era bella come sempre. Il mio lupo ululò di dolore alla vista della sua compagna. Le lacrime cominciarono a scorrere sulle mie guance.

"Fottuto bastardo!" ringhiai con rabbia. "Perché ti ostini a torturarmi?"

Eurynomos scosse la testa.

"Non vedi cosa potresti fare con il mio potere? Potremmo recuperare il suo corpo ancora intatto. Potremmo rianimarla. Basta dirlo. Non è questo che vuoi fare, lupetto?"

Lo fissai. Non avevo più forza in corpo, la mia mente era annebbiata. Stava davvero dicendo la verità?

Capitolo 6 (Bianca)

Ye Olde Atelier

Ritornammo per le strade della città. Giravamo a caso, osservando i negozi e le case. Non ero sicura di dove fosse la gilda magica, ma ero certa che l'avrei riconosciuta una volta vista. La gente era ancora curiosa di noi, ma la voce della battaglia di prima aveva cominciato a diffondersi. I bambini ci correvano accanto incuriositi mentre ci facevamo strada. Sentivo che la nostra presenza era più accettata di prima. Uno stormo di colombe volò sopra le nostre teste e mi chiesi se fosse di buon auspicio.

Arrivammo in una piazza. Al centro c'era una grande fontana e alcune panchine dove le persone potevano sedersi all'ombra degli alberi. Un musicista stava suonando il flauto. La gente si affollava intorno a lui per ascoltare la sua canzone. Ci fermammo per un po', ascoltando la sua bella melodia. I bambini ballavano vicino a lui e la gente era felice. La musica del suonatore era un'oasi lontana dalle preoccupazioni della guerra. Lasciai andare via i miei problemi per un momento, trasportata dalla musica e dalla felicità del momento. Steven mi fece volteggiare al suono della musica. Una bambina mi prese la mano e anch'io ballai con lei. Le risate riempivano l'aria; la gioia riempiva il mio cuore. Il musicista si inchinò dopo aver terminato la sua canzone, mentre la folla lo acclamava.

Si rivolse alla folla, *"Mërhank yôou.[4]"*

Anche la lingua elfica sembrava una melodia. Mi piacerebbe poterla imparare. Forse quando questa guerra sarà finita, mi prenderò il tempo di studiarla. Potrei sempre chiedere a Elashor. Lasciammo la piazza della città mentre la folla si disperdeva.

Raggiungemmo rapidamente una strada piena di negozi. Ogni edificio aveva un colore diverso e alcuni avevano appartamenti sopra il piano commerciale. C'erano negozi di tutti i tipi, da quelli di giocattoli a quelli di armature. Erano tutti disposti in fila l'uno accanto all'altro.

---

[4] Thank you.

La terra cominciò a tremare, costringendoci a smettere di camminare, mentre un profondo boato si levava ovunque intorno a noi. Le persone si guardavano l'un l'altra, senza sapere cosa stesse succedendo. Io osservavo tutti. Sapevo dal profondo della mia anima che non poteva essere una cosa buona.

Dissi agli altri: "Non mi piace questo suono".

Mi fecero un cenno.

"Sì, è meglio trovare la gilda magica, e in fretta", rispose Steven.

Un'anziana donna elfica si avvicinò lentamente.

""Scusate", parlò con un leggero accento. "State cercando la gilda della magia?"

Le sorrisi.

"Parlate inglese!"

"Sì, ho avuto modo di impararlo anni fa, quando ho viaggiato per le terre. Ma è stato molto tempo fa".

"Sembra fantastico!" Risposi. "E sì, stiamo cercando la gilda della magia".

Indicò una strada lì vicino.

"Basta andare un po' più avanti in quella strada. A sinistra, la vedrete. La riconoscerete".

“Grazie mille!” risposi emozionata.

Lei annuì e proseguì il suo cammino. Le persone erano tornate alla loro vita quotidiana, mentre noi procedevamo lungo la strada che la signora ci aveva indicato, alla ricerca della gilda della magia.

Non dovemmo camminare molto prima di vederla. L'edificio era più alto della maggior parte dei negozi circostanti. Su ogni lato della grande porta di legno a due battenti si trovavano due alte statue di maghi, ognuna delle quali reggeva un bastone. Un grande cerchio decorava le porte. All'interno del cerchio c'era il disegno di ogni fase lunare. Intorno al grande cerchio c'erano dodici cerchi più piccoli con il simbolo di ogni tipo di magia: di fuoco, acqua, terra, ghiaccio, santità, oscurità, evocazione, negromanzia, manipolazione, risanamento, trasmutazione, illusione.

“Uh, sono sorpresa di vedere il fuoco, l'acqua, la terra e il ghiaccio come tipi separati”, dissi ad alta voce.

Arius rispose: “La maggior parte delle volte sono raggruppati sotto il termine ‘magia elementale’. Ma qui è possibile specializzarsi in ogni elemento tanto da considerarlo un tipo a sé stante”.

A questo pensiero feci un bel respiro. I maghi qui dovevano essere molto potenti per poter realizzare una simile impresa. Speravo che qualcuno potesse aiutarmi a raccogliere la magia della Dea della Luna dentro di me. La porta di legno scricchiolò dolcemente mentre la spingevo per aprirla.

Davanti a noi c'era una piccola scrivania di legno. Libri e fogli di carta erano ammassati ovunque. Una penna d'oca fluttuava nell'aria, mentre un piccolo elfo la controllava magicamente. Stava scarabocchiando qualcosa sui fogli.

L'elfo del legno non alzò nemmeno gli occhi dal suo lavoro mentre chiedeva: "Cosa posso fare per te?"

"Ho bisogno di un insegnamento di magia", risposi.

Lui parlò con nonchalance: "Numero di registrazione della gilda e nome, per favore".

"Hum, non sono iscritta alla gilda".

L'uomo sollevò un sopracciglio e mi guardò al di sopra dei suoi piccoli occhiali rotondi che gli stavano sulla punta del naso. Sembrò sorpreso nel vedere che non ero un elfo.

"Mi dispiace, ma temo che tu debba essere iscritta alla gilda per poter beneficiare del nostro insegnamento".

Sospirai. "Sono la figlia della Dea della Luna. Ho bisogno di essere addestrata se voglio avere qualche possibilità di sconfiggere Eurynomos".

I suoi occhi si spalancarono e la penna d'oca che galleggiava cadde sulla scrivania, macchiando di inchiostro alcuni documenti. L'elfo gemette per i suoi documenti rovinati prima di voltarsi verso di me.

"Bene. È una cosa che non sento dire tutti i giorni. O hai un disperato bisogno di essere addestrata, o stai dicendo la verità. In tal caso, Iain si arrabbierebbe molto con me per non avergli fatto presente la tua richiesta".

"Iain?"

"L'alto mago della gilda. Per favore, venite con me".

Lo seguimmo fino a una grande scalinata. Blake si lamentò per il numero di piani che dovevamo salire.

Mormorò: "Si potrebbe pensare che abbiano delle scale magiche o qualcosa del genere".

"Che c'è?", chiese l'impiegato.

"Niente", rispose Blake.

Salimmo le scale fino al piano più alto. Quando arrivammo in cima, vedemmo un alto elfo che lanciava un incantesimo. Un libro fluttuava davanti a lui mentre ne recitava le parole. I suoi lunghi capelli bianchi volavano in aria, brillando di giallo a causa dell'incantesimo. La sua veste di mago placcata di rosso fluttuava intorno a lui. Lo guardammo con stupore, aspettando che finisse il suo incantesimo.

Il vento si placò quando terminò. Il libro si posò sul piedistallo. I capelli e la veste ricaddero lungo il suo corpo.

Si voltò verso di noi e parlò all'impiegato, infastidito.

"Ti avevo detto di non disturbarmi mentre lancio un incantesimo".

L'impiegato balbettò: "Mi... mi dispiace alto mago. Questa ragazza sostiene di essere la figlia della Dea della Luna. Pensavo che volesse vederla".

Il mago si avvicinò a me, studiandomi con interesse.

"È così? Eh..". Chiuse gli occhi e aprì il palmo della mano verso di me. Un vento leggero scorreva sulla mia pelle. "Posso percepire una potente quantità di magia in te".

Riaprì gli occhi. "Chi sei?"

"Mi chiamo Bianca. Sono la figlia della Dea della Luna".

"Pensavo fosse solo una leggenda. Eppure sei qui davanti a me. Cosa posso fare per te?"

"La prego, signore, ho bisogno del suo aiuto. Devo imparare a controllare il mio potere magico se voglio riuscire a uccidere Eurynomos".

Il mago rise.

"Non sono abbastanza vecchio per essere chiamato "signore". Chiamami Iain. Vuoi uccidere un demone?"

Gli feci un cenno con la testa. "Sì, Iain. Questo demone minaccia di uccidere tutti e di dominare su ogni cosa".

Iain rise di nuovo. "Sai, sono stato sposato con un demone. Se conoscessi la mia ex moglie, crederesti che questo Eurynomos non è poi così male".

"Ti prego, Iain, devi insegnarmi".

Fece un gesto con la mano.

"Ok, va bene. Ti insegnerò. Cosa abbiamo qui?" chiese, indicando i miei amici.

Tutti si presentarono. Iain era curioso di conoscere i vampiri.

"Non ho mai visto un vampiro da vicino. È interessante... Mi piacerebbe studiare questa vostra maledizione".

Chiese, indicando Steven: "Quindi, dici che questo giovane è il tuo compagno? E che è un licantropo?"

Annuii, mentre Steven mi prendeva la mano tra le sue, stringendola amorevolmente.

"Fantastico! Adoro i licantropi! Ho sempre desiderato essere un licantropo. Potrei sempre trasformarmi in un lupo con la magia, ma non sarei mai in grado di provare la sensazione di avere un lupo che vive dentro di me".

Prese la mano di Steven nella sua e la girò su ogni lato, studiandola.

E borbottò tra sé e sé: "Non si vedono nemmeno le zampe e il punto in cui gli artigli si ritraggono. Interessante! Mi chiedo se posso comunicare con il lupo".

Era chiaro che i licantropi gli incutevano grande soggezione.

Chiesi, interrompendo lo sguardo di Iain che esaminava Steven: "Quando possiamo iniziare la lezione?"

Lui mi guardò sorridendo.

"Sì! Perché non subito?"

Ero felice. Prima è, meglio è.

"È fantastico!", rispose Zach. "Allora andremo a esplorare la città mentre tu ti eserciti".

Gli feci un cenno con la testa. "Mi sembra un'ottima idea".

Steven mi afferrò i fianchi e mi baciò amorevolmente. Lo amavo così tanto.

Sussurrò: "Torno più tardi, mia amata".

Guardai i miei amici uscire dalla stanza con l'impiegato, lasciandomi sola con Iain. Non avevo idea di come si sarebbe svolto l'insegnamento, ma sentivo che sarebbe stato difficile. Non importava. Avrei fatto tutto ciò che era necessario per dominare i miei poteri e per eliminare Eurynomos.

*********** POV: Blake ***********

Uscimmo dalla gilda della magia. Rimasi piuttosto impressionato dalla gilda. Alcuni studenti sembravano forti. Potei percepire la loro aura magica appena entrammo nell'edificio. Intravidi reliquie potenti esposte dietro un campo protettivo magico. E Iain sembrava molto potente. Sicuramente sarebbe stato in grado di insegnare a Bianca a padroneggiare i suoi poteri.

"Pensi che ci sia qualcosa di interessante in questa città?" chiese Steven.

"Certo!" rispose Arius. "Questa è la più grande città elfica! Troveremo sicuramente qualcosa che vale la pena di vedere".

Passammo davanti ad alcuni negozi. Rimasi impressionato dalla ricchezza della cultura e della storia elfica.

"Non posso credere di aver vissuto quasi due secoli senza aver mai visitato questo posto!", dissi ammirando l'architettura.

Nessuno commentò, ma sapevo che erano d'accordo con me.

Arrivammo presto a un negozio dall'aspetto strano chiamato "Ye Olde Atelier".

"Che diavolo è quel negozio?" chiese Zach.

Guardando attraverso la vetrina, potevamo vedere tutti i tipi di strani aggeggi.

"C'è solo un modo per scoprirlo!" risposi, aprendo la porta ed entrando nel negozio.

La luce entrava debolmente nel negozio attraverso la finestra. Era pieno di un gran numero di cose, che andavano da statue di metallo a curiosi gioielli di tutte le dimensioni. C'erano strane macchine e attrezzi, alcuni martelli fatti di metalli diversi. Alle pareti erano appesi dei bizzarri orologi. Le pareti stesse avevano dei meccanismi che si muovevano e mi chiedevo a che cosa servissero. Alcuni congegni si muovevano, i loro meccanismi giravano mentre la macchina si muoveva. Altri avevano leve e bottoni. Dovetti astenermi dal premerli, nonostante fossi curioso di sapere cosa sarebbe accaduto.

Un ometto si schiarì la voce da dietro il bancone. Alzai lo sguardo verso il bancone per vedere un uomo appena sopra di esso. Mi sorprese vedere un nano in questa città elfica. I suoi occhiali poggiavano sul suo naso rotondo. Aveva una folta barba rossa e indossava una bombetta marrone. Le sue mani ingombranti poggiavano sul bancone.

Ci avvicinammo e mi accorsi che era in piedi su uno sgabello. Sembrava che fosse alto al massimo un metro e mezzo.

Parlai per primo: "Buongiorno, mio buon signore".

"Beh, buongiorno a lei", rispose con voce gracchiante. "Cosa posso fare per voi?"

"Devo dire che il suo negozio ci ha incuriosito molto e abbiamo deciso di dare un'occhiata all'interno".

Sorrise alla mia affermazione.

"Ah! Sì! Questo è il mio negozio di ninnoli. Kõrvits, inventore di cose, al vostro servizio".

Mentre lo diceva si tolse il cappello, scuotendo i suoi corti capelli rossi.

"Inventore?" Elashor chiese sorpresa.

"Ma sì, mia giovane signora! Vuole saperne di più?"

"Abbiamo un po' di tempo libero al momento", rispose Steven. "Mi piacerebbe saperne di più".

Kõrvits si sfregò le mani, sorridendo.

"Allora, posso offrirvi una tazza di caffè o di tè? Questa mattina ho comprato una deliziosa torta di zucca, ma non ho ancora avuto il tempo di mangiarla".

Sorrisi.

"Certo!"

Il nano tirò una leva e gli ingranaggi delle pareti iniziarono a girare. Una botola nel soffitto si aprì e una scala iniziò a scendere. Gli ingranaggi smisero di muoversi quando la scala raggiunse il pavimento.

Lo guardammo tutti a bocca aperta.

Kõrvits sorrise. "Incredibile, vero?"

Ci fece cenno di seguirlo su per le scale. Al secondo piano c'era un angolo cottura con un tavolo rotondo. Eravamo sul tetto del negozio. Le grandi finestre ci permettevano di ammirare la città da lassù, offrendo una bella vista dei dintorni. Rimasi sorpreso nel vedere che molti negozi avevano una piccola terrazza sul tetto. Una delle finestre era aperta, lasciando che il suono degli uccelli e una leggera brezza entrassero nella stanza.

"Prego, accomodatevi", disse il nano mentre preparava il tè e il caffè.

Il tavolo era troppo basso per poter usare le sedie. Decidemmo di sederci sul pavimento tenendo le gambe incrociate. Kõrvits portò bevande e torta di zucca a tutti e venne a sedersi con noi.

"Allora, lei è un inventore?", chiese Elashor, con gli occhi che brillavano di curiosità.

"Ah! Sì, mia giovane signora".

"Elashor".

"Esatto, Elashor. Una volta ero un avventuriero".

"Lo è stato?" chiesi, incuriosita.

"In effetti lo ero. Viaggiavo per le terre con un gruppo di nani. Esploravamo antiche rovine alla ricerca di ricchezze e per aiutare le persone che avevano bisogno di noi".

"Cosa facevate per aiutare la gente?", chiese Elashor.

"Oh, ogni genere di cose! Uccidere qualche topo, recuperare oggetti rari o uccidere mostri che ci erano stati segnalati".

Lei sussultò.

"Uccidere dei mostri?"

"Sì! Quello, e catturare furfanti e rapinatori".

"Sembra che sia stata una bella vita", commentò Arius.

"Lo è stata! Fu allora che scoprii di non essere bravo a combattere. Ma ero bravo a creare cose che combattessero per me".

"Che combattessero per lei?", chiesi, incuriosita.

Il vecchio nano sorrise.

"Sì, ho inventato innumerevoli macchine volanti, catapulte e robot. Combattevo i nemici a fianco dei miei amici. Era il mio modo di aiutarli".

"Sembra ingegnoso", commentai.

"Allora perché non lo fa più?", chiese Steven.

Il volto di Kõrvits cambiò espressione.

"Un giorno, stavamo seguendo una masnada di banditi che stavano terrorizzando un piccolo villaggio a est. Avevamo sentito che si nascondevano in una grotta nelle vicinanze. Ci accampammo a un miglio da lì per pianificare il nostro attacco".

I suoi occhi fissavano il vuoto, visualizzando immagini di un altro tempo che solo lui era in grado di vedere.

“I banditi ci tesero un'imboscata di notte. Mi svegliai mentre i miei amici venivano massacrati da loro. Mi nascosi tra i cespugli, perché non potevo affrontarli. Neanche i miei robot erano pronti a combattere. Non avevo avuto il tempo di prepararli. Guardai con orrore mentre uccidevano i miei amici, uno per uno. Quando se ne furono andati, scappai il più lontano possibile, finché non arrivai in questa città”.

Ci sedemmo tutti in silenzio, ascoltando la sua triste storia.

“Quando arrivai qui, ero debole, stanco e con l'anima distrutta dalla perdita dei miei amici. La città era aperta a tutti. Ho trovato persone che mi hanno accolto, mi hanno dato una casa, una famiglia e l'amicizia. Quando mi sono sentito meglio, ho deciso di rimanere qui e di fare quello che sapevo fare meglio. Essere un inventore”.

Il silenzio riempì la stanza mentre pensavamo a ciò che Kõrvits aveva appena detto. Doveva essere stato difficile. Ma è stato un bene che abbia trovato un modo per sentirsi meglio.

“Pensavo che i nani odiassero gli elfi”, disse Elashor.

Kõrvits sorrise. “È vero, ci sono delle vecchie dispute tra nani ed elfi. Ma io vivo qui da quasi cento anni. Ho aiutato innumerevoli persone e costruito vere amicizie. Qualunque vecchio litigio sia esistito, è stato dimenticato”.

Elashor disse ad alta voce quello che pensavamo tutti: "Penso che sia meraviglioso che lei abbia trovato un posto dove vivere felicemente".

"Perché non è tornato indietro?", chiese Steven.

"Tornare dove?", chiese Kõrvits. "All'avventura?"

"No", rispose Steven. "Alla sua città dei nani".

"Ci ho pensato qualche volta", ha ammesso Kõrvits. "La città da cui provengo è molto lontana da qui. Mi ci vorrebbero diverse settimane per andarci. Non voglio essere il portatore di cattive notizie. Non voglio essere io a raccontare della morte dei miei amici. Preferisco che credano che stiamo ancora vivendo un'avventura...".

Mi immedesimai in lui. Immaginate di essere l'unico del gruppo a tornare alla vostra città. Dover spiegare a tutti come sono stati uccisi. Dover giustificare perché sei ancora vivo quando tutti gli altri sono morti. Scommetto che si sentiva in colpa dietro il suo aspetto di simpatico burlone.

"Basta chiacchiere, questa torta non si mangia da sola!" dichiarò Kõrvits.

Mangiammo la torta di zucca che ci aveva offerto.

"È davvero buona", dissi sorpreso, dato che non amo molto la zucca.

Kõrvits sorrise. "L'hanno preparata apposta per me nella pasticceria in fondo alla strada. La zucca è la mia preferita".

Mi ripromisi di visitare quella pasticceria più tardi. Se erano riusciti a trasformare la zucca in qualcosa di così delizioso, sicuramente erano in grado di fare meraviglie anche con altre cose.

Ringraziammo Kõrvits per il caffè e la torta e tornammo al negozio.

"Prima che ve ne andiate", ci chiamò.

Diede un piccolo orologio da tasca a Elashor.

"Prenda questo, per favore".

Lei lo guardò da tutte le angolazioni.

"È un orologio a cucù da tasca".

"Un cosa?", gli chiese.

"Un cucù da tasca. L'ho fatto io stesso. Il cucù batte l'ora".

Guardammo il piccolo orologio da tasca, non più grande di una mano.

"Deve essere molto piccolo!" commentò Elashor.

Kõrvits sorrise. "È stato difficile da fare, ma ne sono piuttosto orgoglioso".

Elashor abbracciò il vecchio nano. "Grazie mille!"

"Beh, alla prossima volta!" ci salutò mentre uscivamo dal negozio.

Camminammo per strada e finimmo di nuovo alla fontana senza nemmeno accorgercene. Elashor tirò fuori l'orologio da tasca quando erano le tre. Proprio in quel momento, un piccolo cucù meccanico uscì dall'orologio per suonare l'ora.

"Beh, che ne dici? È fantastico!", commentò Zach.

Eravamo tutti d'accordo.

"Perché non ci fermiamo per una pausa?" chiese Elashor. Si sedette su una panchina con Arius. Subito dopo si baciarono.

"Perché non ci riuniamo alle cinque davanti alla gilda della magia?" propose Zach. "Io vado a controllare il negozio di armi locale".

"Aspettatemi!" aggiunse Steven con impazienza.

Feci loro un cenno con la testa.

"Voi andate avanti. Voglio vedere quella pasticceria di cui parlava Kõrvits".

Lasciammo Arius ed Elashor un po' di tempo da soli. Ultimamente non avevano avuto molte occasioni per stare da soli. Ero sicuro che avrebbero apprezzato un po' di privacy... anche se in una pubblica piazza davanti a una fontana.

Tornai indietro per la stessa strada da cui eravamo venuti, passai davanti al negozio di Kõrvits e alla fine arrivai a un piccolo panificio. L'odore di pane fresco proveniva dalle porte quando i clienti entravano nel negozio. Dalla finestra potevo vedere diversi prodotti da forno e torte. C'erano anche dei dolci speciali che si trovavano solo nelle pasticcerie dei vampiri. Anche se di solito li prepariamo con il sangue. Dubitavo fortemente che in questi ci fosse del sangue. Ma ero comunque sorpreso.

Proprio mentre stavo per entrare nel panificio, la porta si aprì ed Eshenesra ne uscì. Mi bloccai, incapace di muovermi, colpito dalla sua bellezza. Portava ceste di pane e dolci. Erano pesanti e lei faticava a trasportarli tutti.

Si bloccò e mi fissò. I suoi occhi gialli mi fissavano l'anima. Era davvero un diamante nero, che aspettava solo di essere colto. L'unica cosa che riuscivo a pensare era quanto desiderassi avvicinarmi a lei, affondare i denti nel suo collo e baciarla.

"Ciao", dissi, senza sapere bene cosa dirle. "Ti ho visto stamattina a palazzo".

Lei teneva gli occhi bassi, senza rispondere.

"Mi... mi dispiace per quello che è successo. Sono stata maldestra... Mi dispiace...".

La sua frase mi fece accigliare.

"Di cosa stai parlando? Quello che è successo non è stata colpa tua".

I suoi occhi si alzarono per guardare nei miei per un istante. Potevo leggervi segreti indicibili.

"P... per favore, è stato...".

"Non lo è stato!" gridai.

Lei fece un passo indietro e io mi sentii subito in colpa per averle urlato contro. Non volevo spaventarla. Mi arrabbiai tantissimo ripensando a quello che era successo.

"Mi dispiace di aver gridato". Speravo solo che mi perdonasse. Lei rimase lì a guardare.

"Il tuo responsabile non aveva il diritto di parlarti in quel modo. Non avresti dovuto permettergli di urlarti contro in quel modo".

Desideravo che si aprisse con me. Volevo che rispondesse a tutto. Ma non lo fece. Non avevo modo di sapere cosa pensasse. Si limitò a fissare il suolo.

Non sapendo cosa dire, chiesi: "Hai bisogno di aiuto per portare tutto questo a palazzo?"

Lei rispose con un filo di voce: "Non voglio disturbarti".

"Non mi disturba affatto", risposi felice mentre afferravo il cestino. Era facile per me trasportarlo e fui felice di aiutarla.

Iniziai a camminare in direzione del palazzo, con lei al mio fianco. Mi piaceva la sua vicinanza. Ero arrivato fino al palazzo per cercare di farla parlare un po'. O di trovare qualcosa da dire. Mi sentivo goffo vicino a lei. Era come se le parole mi inciampassero dentro e non riuscissi a formare una frase coerente. Speravo solo che facesse conversazione con me.

Capitolo 7 (Eshenesra)

La Regina dormiente

Era così forte. Riusciva a sollevare la cesta così facilmente. Perché era così gentile con me? Ero solo una serva di palazzo. Per di più, solo un elfo femmina scura. A nessuno piacevano gli elfi scuri. Ecco perché la nostra specie era così isolata. Eppure, eccolo qui, ad aiutarmi. Non sapevo come reagire alla gentilezza. Non era una cosa che la gente di solito mostrava nei miei confronti....

Era così vicino a me mentre camminavamo verso il palazzo. Il suo corpo era più freddo del mio. Immaginavo che fosse un vampiro. Pensavo che avrei avuto paura la prima volta che avrei incontrato un vampiro. Eppure, eccomi qui, entusiasta di essere così vicina a lui. Tutti quei pensieri si rincorrevano nella mia mente. Avrebbe bevuto il mio sangue se ne avesse avuto l'occasione? Tutti i vampiri erano assassini succhiatori di sangue? Ci si poteva davvero fidare di loro?

Ero sicura che la reputazione della loro razza fosse esagerata. Un po' come la reputazione degli elfi scuri. Ma non riuscivo a superare il fatto che bevessero sangue per sostenersi.

"Puoi rispondere quando ti faccio una domanda?"

Lo guardai, sorpresa. Ero così persa nei miei pensieri che non stavo prestando attenzione a ciò che diceva.

"Mi dispiace molto, eh... non so come ti chiami", ammisi.

"Blake", rispose con voce profonda.

La sua voce sembrava più sexy di quanto volessi ammettere.

"Mi dispiace, Blake. Ero persa nei miei pensieri".

Il suo sorriso mi scaldò il cuore. Non volevo cedere a quei sentimenti. L'amore finiva solo con l'inganno e il dolore. Non capivo perché fossi attratta da lui, ma era meglio che lo dimenticassi. Avrebbe sicuramente lasciato la città quando avrebbe concluso i suoi affari qui. Allora sarei tornata a essere la serva che sono sempre stata a palazzo. Sola e dimenticata da tutti.

“Volevo sapere qual è il tuo lavoro a palazzo”.

“Non è di alcun interesse. Mi limito a preparare il cibo e a pulire”.

Blake sorrise alla mia risposta.

“Mi piacerebbe assaggiare il cibo che prepari”.

Sentii le mie guance arrossire per il suo commento. Mi rendeva felice sapere che gli sarebbe piaciuto assaggiare il mio cibo. Nessuno aveva mai parlato del cibo che preparo.

“Allora, hai parenti o amici da queste parti? Non ho visto molti elfi scuri in città”.

Il mio cuore si spezzò alla sua domanda. Non volevo dirgli come la mia famiglia fosse stata brutalmente uccisa. Non volevo ammettere che mi mancavano ogni giorno, anche se erano passati decenni. Glissai su questa parte e scelsi di rispondere solo sugli elfi scuri.

“La maggior parte degli elfi scuri vive nascosta. La mia razza non è apprezzata dalle altre razze. Per anni siamo stati perseguitati. A causa di ciò, molti di noi sono diventati ciò che gli altri ci accusavano di essere: assassini e criminali. Pochi di noi vivono in città. Quelli che lo fanno, vivono nascosti”.

Blake si accigliò al mio commento.

“Le persone non dovrebbero giudicare gli altri in base alle loro razze. È una cosa stupida”.

Aveva ragione. Ma il contesto e la nostra storia avevano cambiato la mente delle persone in modo irreversibile.

Aggiunse: “Credo che quando ti dicono così tante volte che sei cattivo, questo ti cambia e diventi quello che dicono”.

Gli sorrisi.

“Grazie, sei così gentile con me”.

Mi guardò con un tale sorriso che avrei voluto nascondermi sotto i ciottoli su cui stavamo camminando. Giocherellai nervosamente con le dita.

“Hai una famiglia?”

Ancora una volta, con questa domanda. Sospirai. Immagino che dovessi rispondere qualcosa...

“No, sono stati tutti uccisi quando ero bambina”.

Il suo volto cambiò a questa frase.

“Mi dispiace molto”.

Sentivo che era sincero. Era una sensazione strana che qualcuno fosse gentile con me. Potevo abituarmi a questo. Ma sapevo che probabilmente se ne sarebbe andato entro pochi giorni. Mi sarei sentita distrutta se mi fossi affezionata a lui.

Quando arrivammo a palazzo, Blake si girò verso di me e disse: "Ti accompagnerò fino a dove devi portarlo".

Gli fui grata per l'aiuto. Speravo solo che Scalanis non si arrabbiasse con me per essermi fatta aiutare da qualcuno. Ci dirigemmo verso gli alloggi della servitù.

Quando aprii la porta, Scalanis iniziò subito a imprecare contro di me.

"Eccoti qui, Eshenesra. Brutta sgualdrina buona a nulla! Te la sei presa comoda. Chi pulisce i pavimenti mentre sei via? Dovrei darti una lezione".

Si girò verso di me e si bloccò quando vide Blake. Blake sembrava ribollire di rabbia.

Posò il cestino sul tavolo senza dire una parola. Fece qualche passo verso Scalanis, con l'aria di volergli staccare la testa. Scalanis deglutì e fece un passo indietro. Non potei fare a meno di gioire alla vista di quell'elfo cattivo che odiavo tanto, spaventato in quel modo da Blake. Dopo qualche passo, Scalanis non riuscì più ad allontanarsi, con la schiena che sbatteva contro il muro.

Blake gli parlò con severità.

"Voglio essere chiaro. La prossima volta che le parlerai in questo modo, ti strapperò personalmente la lingua dalla bocca, in modo che tu non possa più parlare. Sono stato chiaro?"

Scalanis annuì nervosamente. Io rimasi in un angolo, cercando di nascondere il mio compiacimento.

Blake si voltò verso di me, sorridendo.

"È stato bello parlare con te".

Gli sorrisi a mia volta.

"Grazie per il tuo aiuto", risposi timidamente.

Mi salutò con un cenno del capo. Lo guardai mentre usciva. Il mio cuore inaffidabile batteva per lui, mio malgrado. Non volevo affezionarmi a lui. Ma era già troppo tardi......

*********** POV: Will ***********

Mi rialzai in piedi. L'energia scorreva nel mio corpo. Non mi ero mai sentito così potente. Sentivo l'oscurità scorrere nelle mie vene. Il demone stava in silenzio, risiedendo dentro di me, condividendo il mio corpo con il mio lupo. Finora stava mantenendo la sua parte dell'accordo. Strinsi i pugni, cercando di dimenticare il patto che avevo fatto con quel vile demone per riavere la mia compagna. Non potevo vivere senza di lei. Non mi importava cosa fosse necessario fare: l'avrei riavuta.

Il goblin tremò di paura alla mia vista. Lo osservai con sguardo freddo. L'unica cosa che contava ora era prendere il corpo di Leila finché era ancora intatto. Feci un passo verso il portale, ma il goblin mi fermò con il suo bastone, la sua fronte era imperlata di sudore.

"Osi fermarmi?" gli urlai contro, facendo risuonare la mia voce sulle pareti della stanza.

La terra tremò per il mio potere.

"Questo... questo portale è solo un'uscita. Devi attraversare il portale principale per potervi tornare, padrone".

Grugnii infastidito.

"Sta dicendo la verità," disse Eurynomos attraverso la mia mente. *"Raggiungi la camera principale. Il portale è lì"*.

"Mostrami la strada per la camera principale", ordinai al goblin.

Egli annuì alla mia richiesta, portandomi in una vasta stanza un po' più in basso. Era piena di ninnoli magici e al centro della stanza vi era un grande portale.

Cercai di raggiungere il portale, ma gli orchi mi sbarrarono la strada.

"Voi stolti non riuscite a riconoscere il vostro padrone quando è di fronte a voi?" gridò Eurynomos attraverso la mia bocca con voce scura e profonda.

Non ero abituato ad avere il controllo del mio corpo da parte di una persona diversa da me. Era strano sentire la mia voce risuonare così.

Gli orchi mi fissarono, sbalorditi, ma mi lasciarono entrare nel portale.

"Come funziona questa cosa, demone?" chiesi ad alta voce a Eurynomos.

"Concentrati su dove vuoi andare e il portale farà il resto," rispose il demone attraverso la mia mente.

Concentrai la mia mente sul boschetto sacro di Ares, pensando alla mia dolce Leila e al luogo in cui giaceva il suo corpo. Ben presto il portale si illuminò e mi concentrai sul punto in cui volevo andare. Proprio mentre cercavo di entrarvi, si avvicinò un centauro. Mi guardò confuso, ma poi sembrò riconoscere il demone che era in me.

"Sono venuto a fare rapporto sulla guerra, signore".

Proprio mentre stavo per ignorarlo ed entrare nel portale, Eurynomos mi fermò.

"Dobbiamo proseguire con la guerra. Ascoltalo," mi ordinò attraverso la mia mente.

Brontolai infastidito.

"Avanti, parla", dissi severamente al centauro.

"L'invasione sta andando bene. Il massacro è iniziato in tutte le grandi città. Presto dovrebbe essere tutto pronto per il vostro arrivo".

Il pensiero che la gente venisse uccisa mi dava la nausea. Ma per il momento non potevo fare nulla. Non finché non avessi riavuto la mia Leila.

"Bene, congedati", risposi.

Mi guardò, inquieto.

"Cosa dobbiamo fare adesso, signore?"

Scrollai le spalle.

"Tu sei il generale, vero?"

La creatura annuì.

"Allora risolvi il problema. Ho questioni più urgenti", sputai mentre facevo un passo nel portale, deciso a raggiungere la mia amata Leila.

Un Eurynomos arrabbiato gemette dentro di me.

Mi avvertì, *"Stai attento, lupetto. Ricorda il nostro accordo"*.

Gli risposi spuntando le mie parole: "Non preoccuparti, demone. non me ne dimenticherò".

Gli orchi mi fissarono con il loro sguardo stupido mentre uscivo dal portale e mi recavo vicino al corpo di Leila.

"Cosa c'è da guardare?" ringhiò Eurynomos attraverso la mia bocca.

Gli orchi fecero un balzo di sorpresa e indietreggiarono quando riconobbero il demone.

Sollevai il corpo di Leila. Era così fredda, immersa nel sangue. Era così bella, nonostante fosse morta. Il mio cuore era straziato nel vederla così. Tutta la tristezza che cercavo di allontanare tornò a galla. Abbracciai il suo corpo senza vita, cercando di ricordare a me stesso che presto sarebbe stata di nuovo viva al mio fianco.

Mi avrebbe odiato per quello che avevo fatto? Mi avrebbe perdonato? Avrebbe capito che non potevo lasciarla andare? Speravo solo che mi amasse ancora, nonostante quello che ero diventato.

La terra tremò e dal soffitto caddero pietre pericolanti. L'intero posto minacciava di cadere, di crollare. Senza aspettare oltre, tornai nel portale, stringendo tra le braccia la donna che amavo.

Il mondo sotterraneo era inospitale. Non volevo che la mia dolce Leila tornasse in vita in questo mondo arido. Avevo sentito parlare della leggenda del castello di Darton. Doveva essere un vecchio castello abbandonato, sperduto tra le montagne del Nord. Sarebbe stata una base migliore di questo posto miserabile.

"Me ne vado da questo posto", grugnii al demone.

"Non possiamo fermare l'invasione. Non dimenticare il nostro accordo, o lei rimarrà un cadavere per sempre".

Il mio lupo ringhiò alla minaccia del demone.

Mi rivolsi al generale centauro.

"Tu, continua l'invasione. Dobbiamo mettere queste città sotto il nostro controllo".

"Sì, signore".

"Ho bisogno che un piccolo distaccamento venga con me. Avrò bisogno di protezione nel mio castello mentre mi occupo di Leila".

"Sì, padrone", rispose un altro goblin.

Gli orchi cominciarono a correre avanti e indietro, rispondendo agli ordini che avevo dato. Il generale dei centauri venne verso di me, con in mano un piccolo portale.

"Signore, mentre siete via, potremo rimanere in contatto con questo portale. Io potrò farle rapporto e lei potrà inviare i suoi ordini".

Era esattamente quello di cui avevo bisogno.

"Bene". Sarà più utile di quanto pensassi.

Parlai a voce abbastanza bassa perché Eurynomos potesse sentire: "Soddisfatto, demone?"

Il demone ringhiò nel mio petto, facendomi capire che era d'accordo con questa disposizione.

Guardai il portale e mi concentrai su tutto ciò che sapevo del castello di Darton. Speravo solo che funzionasse, anche se non ne conoscevo l'esatta ubicazione. Mi concentrai a lungo e sul portale si formò un'immagine sfocata. Sì, stava prendendo forma! Continuai a pensarci. Ora riuscivo a ricordarlo. Non capivo perché riuscissi a ricordarlo.

"È perché ci sono già stato," parlò il demone nella mia mente.

In qualche modo, i ricordi di Eurynomos e i miei si stavano mescolando. Non mi importava, perché ciò si stava rivelando piuttosto utile.

Dopo un po', sul portale apparve un castello scuro. Si trovava su una montagna ghiacciata. I venti e la neve si infrangevano sulle sue mura. Le sue torri più alte sembravano perdersi tra le nuvole scure. Le finestre erano scure e davano al castello un'atmosfera da cattedrale gotica. Avrei fatto in modo di far rivivere questo posto per Leila. Ogni cosa a suo tempo.

Entrai nel portale con il corpo di Leila ancora tra le braccia. Aprii la grande e pesante porta di legno. Il castello era buio, ma mi accorsi che con i miei nuovi poteri bastava concentrarmi sui bracieri perché una fiamma si animasse. Questo nuovo potere si stava rivelando piuttosto utile. Il luogo era coperto di ragnatele e polvere. Nell'aria aleggiava un odore di muffa. Entrai nella sala del trono. Sarebbe stata la base perfetta per me.

"Dobbiamo aprire il portale in questa stanza", dissi al demone dentro di me.

Non rispose, ma sentii un potere provenire da dentro di me. Pochi secondi dopo il portale fluttuava nell'aria, trascinato dal mio potere. Il portale si fermò davanti al trono. Mentre mi concentravo su di esso, da altre stanze del castello fluttuarono delle pietre libere che si assemblarono per formare un piedistallo, tenendo saldamente il portale al suo posto.

"*Là,*" rispose Eurynomos.

Guardai attraverso il portale. Il generale centauro era ancora lì in piedi.

"Le mie truppe sono pronte?" Chiesi.

"Sì, signore, stanno aspettando i vostri ordini".

"Bene, falli venire qui. Ho bisogno che il mio battaglione sia pronto a difendere questo castello".

Il centauro annuì. Dall'altra parte del portale, file di demoni, succubi, arpie, centauri, orchi e goblin iniziarono ad attraversare il portale, dirigendosi verso il castello.

"Cominciate a ripulire questo posto", ordinai alle prime truppe in arrivo. "Tornerò tra poco per valutare i vostri progressi".

Non protestarono. Annuirono soltanto e si misero al lavoro.

Mi avventurai nel castello alla ricerca di una stanza adatta alla mia dolce Leila. Presto trovai esattamente la stanza che mi serviva. Era ancora abbastanza intatta. Probabilmente era la stanza della Regina. Il soffitto era decorato con rose dorate dipinte. Le finestre erano drappeggiate con ricche tende rosso scuro con fodere in filo d'oro. Un letto maestoso occupava la parete in fondo alla stanza. Il letto era ancora rifatto, come se qualcuno avesse intenzione di tornarci. Le lenzuola sembravano ancora intatte e pulite.

Questa stanza era perfetta per la mia compagna, la mia dolce Leila. L'avrei resa la mia regina. La adagiai sul letto e le tolsi i mantelli macchiati di sangue. Nel bagno adiacente trovai una salvietta. Con l'acqua tiepida le tolsi delicatamente il sangue dal corpo. Era bella come il giorno in cui avevo posato gli occhi su di lei. Nell'armadio c'erano ancora alcuni vestiti da donna. Trovai un vestito rosa chiaro che le stava benissimo. La adagiai delicatamente sotto le coperte. Con gli occhi chiusi, vestita in quel modo, sembrava quasi che stesse dormendo.

Persino il mio lupo si era ingannato, pregandomi di andare a letto con lei e svegliarla. Ma sapevo che il suo cuore non batteva più e che il suo corpo era freddo. Le baciai le labbra gelide prima di allontanarmi dal letto.

"Demone, è il momento di mantenere la tua parte del patto. Falla risorgere!" ordinai a Eurynomos.

Il demone ringhiò dentro di me.

"Che impudenza! Non posso ancora resuscitarla. I miei poteri non sono stati completamente ripristinati".

"Cosa? Mi hai mentito!" urlai con rabbia.

"Sarò in grado di resuscitarla non appena avremo recuperato l' Etcher del Desiderio".

"Che diavolo è l' Etcher del Desiderio?" inveii con rabbia.

"Calmati, lupetto. È il pugnale incantato della Regina delle Ninfe dell'Aria. Contiene il resto dei miei poteri".

"Non mi avevi mai parlato di questo prima d'ora".

"Tu non avevi chiesto nulla".

Imprecai contro il vile demone. Odiavo Eurynomos, ma lui era la chiave per rivedere la mia dolce Leila.

"Dove posso trovare questa Regina?"

"Risiede in cima alle Colline di Nokorath, a sud della città elfica di Mytvathyr".

La terra tremò intorno a me per la rabbia.

Uscii di corsa dalla stanza e tornai al trono. Il mio battaglione era tutto lì. La stanza era pulita. Mi guardarono con timore, percependo la rabbia che provavo.

"Ascoltatemi", sputai loro addosso. "Nella stanza in fondo si trova la mia compagna. Ucciderò ognuno di voi se le succede qualcosa. Sono stato chiaro?"

Annuirono nervosamente.

"Nel frattempo, dovrete restaurare il resto del castello e sorvegliare l'ingresso contro gli assalitori".

"Sì, padrone", rispose una succube, a bassa voce, inchinandosi.

Un gargoyle mi aspettava fuori dal castello. Era alto, grigio e ossuto. Non aveva scaglie, pelliccia o piume. Solo pelle nuda. Aveva artigli affilati sulle braccia che si trasformavano in gigantesche ali da pipistrello. Aveva una lunga coda e dei buchi al posto del naso. Mi guardava con i suoi denti aguzzi e le orecchie a punta. Se avessi saputo che avrei volato su una creatura così orrenda, avrei tenuto Ladon al mio fianco, borbottai tra me e me.
"È meglio che tu non mi inganni, demone", avvertii Eurynomos prima di montare sulla creatura.
La creatura iniziò subito a volare verso sud, in direzione delle Colline di Nokorath.

Capitolo 8 (Bianca)

Un bagno regale

Il sudore mi imperlava la fronte. Quante ore erano passate da quando i miei amici mi avevano lasciata qui? La mia mente si sentiva annebbiata dallo sforzo. Caddi in ginocchio. Ero riuscita a imparare a controllare alcuni elementi. Mi sembrava di non imparare abbastanza velocemente, ma Iain sembrava pensarla diversamente.

"Stai facendo grandi progressi!"

Feci un respiro profondo, con le braccia ancora tremolanti. Mi sentivo arrabbiata con me stessa per non essere riuscita a imparare più velocemente.

"Lo so, ma non sono ancora pronta".

"Stai andando benissimo! La maggior parte dei maghi impiega mesi per imparare quello che hai imparato tu oggi!"

"Non ho nemmeno iniziato a imparare a controllare i poteri della Dea della Luna!"

Iain sorrise e mi tese una mano per farmi alzare dal pavimento.

"I poteri della Dea della Luna sono molto particolari. Devi imparare a usare la magia di base prima di sperare di padroneggiare tecniche più avanzate".

Sapevo che diceva la verità, ma mi sentivo comunque frustrata. Sapevo di avere il potere di guarire le persone. L'avevo fatto più volte in passato. Ma si era manifestato quando ne avevo bisogno. Non lo controllavo. Una volta avevo persino rianimato Damien, per l'amor di Dio! Ma allora era stata la Dea della Luna a diffondere i suoi poteri attraverso di me. Mi chiedevo se sarei stata in grado di imbrigliare e controllare un potere così potente. Non avevo idea di quali poteri distruttivi avrei avuto contro Eurynomos. Sapevo solo che secoli fa la Dea della Luna lo aveva sconfitto. La leggenda non diceva come. Vorrei poter parlare con lei per poterglielo chiedere. Ma lei mi parlava solo quando lo riteneva necessario. Non potevo iniziare la conversazione. Vorrei poterle chiedere un consiglio.

Mi alzai in piedi. Tutto il mio corpo mi faceva male. Mi sentivo come se potessi crollare da un momento all'altro. I miei polmoni sembravano bruciare. Ma non volevo fermarmi ora.

Fissai Iain con uno sguardo determinato.

“Ok, riproviamo”.

Mi stavo preparando e concentrando. Iain iniziò a ridere.

“Oh, no! Per oggi abbiamo finito, signorina”.

Rimasi a bocca aperta. “Cosa? Perché?”

Scosse la testa. “Non senti quanto sei stanca? Non vedi che ti sei già impegnata abbastanza?”

Protestai: “Ma..”.

Iain mise da parte le mie proteste.

“Non voglio sentire scuse. Il tuo corpo si sgretolerà se continui a spingere”.

E aggiunse sorridendo: “Inoltre, stasera ho un appuntamento con una bella signora elfo. Non vorrei fare tardi”.

“Cosa? Ma non puoi andare a un appuntamento quando abbiamo un demone da sconfiggere”.

“Suvvia, suvvia. Non l'ho ancora conosciuta. Potrebbe non essere un demone”. Rise per la sua battuta.

Mi sentivo così frustrata. Volevo allenarmi di più, ma era evidente che per oggi avevamo finito.

“Ci alleneremo domani. Nel frattempo, dovresti riposare. Devi recuperare le forze”.

Sospirai: “Ok, grazie Iain. Sei stato di grande aiuto!”

Lui sorrise. “Ci vediamo domani, Bianca”.

Solo quando scesi le scale capii davvero quanto fosse stanco il mio corpo. Mi ci volle tutta la mia forza per non crollare sulle scale. Proprio quando arrivai all'ultimo piano, la porta d'ingresso si aprì ed entrò Blake. I suoi capelli neri erano legati in uno chignon basso. Mi sorprese, perché di solito li portava sciolti. Aveva un grande sorriso.

"Ciao Blake! Cos'è che ti rende così felice?" gli chiesi.

Lui sollevò un sopracciglio e sorrise. "Non lo so. Credo di essere semplicemente felice".

Mi avvicinai a lui, ma per poco non caddi a terra. Mi afferrò prima che stramazzassi al suolo.

"Lucky, sono venuto a vedere come stavi".

Ho fatto una smorfia. "Credo di aver esagerato".

Rise alla mia affermazione.

"Questo è un modo di dire. Andiamo. Vediamo se gli altri stanno tornando".

Usciti dalla gilda magica, trovammo Arius ed Elashor che ci salutavano, camminando mano nella mano. Sembravano davvero felici insieme. Ero così contenta che Arius avesse avuto una seconda possibilità di incontrare l'amore. Meritava di essere felice dopo tutto quello che suo padre gli aveva fatto passare. Sorrisi quando, più indietro, vidi Zach e Steven che conversavano animatamente. Avevano le mani piene di borse. Aspettammo che ci raggiungessero.

Il volto di Steven cambiò quando vide che Blake mi stava sostenendo.

"Bianca! Stai bene?"

Si precipitò da me, lasciando le borse a terra. Blake mi lasciò andare e io caddi tra le braccia di Steven.

"Sto bene", sussurrai nel suo collo. "Ho solo esagerato un po'".

Lui sgranò gli occhi. "Sì, certo. Hai *'esagerato un po'.'* Non devi ammazzarti di fatica per l'addestramento!"

Gli sorrisi. Ero così felice che tenesse a me così tanto.

Zach sorrise. "Abbiamo qualcosa di perfetto per te!"

Lo guardai con occhi interrogativi.

"Siamo andati dal fabbro, dall'armaiolo e dal negozio di articoli magici. Oh Bianca, ti sarebbe piaciuto molto! Si chiama Dragonborn".

"È un nome fantastico per un negozio!" aggiunse Steven.

Mi misi a ridere. Steven sembrava un bambino. Lo trovai così carino. Mi chiesi se i nostri figli sarebbero stati come lui quando ne avremmo avuti. Steven mi sorrise a questo pensiero.

Mi ha detto: "Non vedo l'ora di scoprirlo".

Arrossii, poi parlai ad alta voce a Zach. "Beh, sembra che voi due vi siate divertiti mentre io lavoravo sodo. Allora, cosa c'è di perfetto per me?"

Steven sorrise. "Io, naturalmente!"

Scoppiai a ridere di cuore. "In fondo lo sapevo già!"

Zach sorrise. "Abbiamo trovato una bella veste da mago quando siamo stati da Dragonborn. Non so esattamente a cosa serva, ma abbiamo pensato che sarebbe stata perfetta per te".

"Per questo e per il fatto che il vestito è blu polvere e probabilmente aderirà perfettamente alle tue curve". Gli occhi di Steven avevano una scintilla lussuriosa.

"Ok, ok. Prendete una stanza voi due", scherzò Arius.

"Giusto, la Regina non aveva detto che ci sarebbero state messe a disposizione delle stanze al castello?" chiese Elashor.

"Giusto!", disse improvvisamente Blake come se si fosse appena ricordato di qualcosa. "Siamo invitati a cenare con il Re e la Regina stasera. E sì, sono state messe a disposizione camere per tutti noi".

"Che bello!" esclamai.

"Siete andati a palazzo questo pomeriggio?", chiese Arius. Blake sorrise e annuì.

Cominciammo tutti a dirigerci verso il palazzo. Mentre camminavamo, una creatura volò sopra le nostre teste. Era enorme e stendeva una grande ombra sul suolo. Aveva enormi ali da pipistrello. Era grigia e ossuta. Non avevo mai visto nulla di simile.

"Che diavolo è?", chiese Elashor.

"E soprattutto, quello sulla schiena della creatura è Will?", chiese Blake.

Guardai con orrore, e riuscii a vedere Will sul dorso della creatura.

"Will!" Cercai di urlare il suo nome, ma non mi sentì.

"È inutile. Non ci sentirà. È troppo in alto", disse Steven.

"Dove è diretto?", chiese Elashor.

Guardammo la creatura che volava verso sud. "L'unica cosa che conosco a sud sono le Colline di Nokorath". Disse Zach.

"Conosci questo posto?", chiese Arius.

"Sì, ho sentito alcuni cittadini parlarne mentre facevamo acquisti", rispose Zach. "Non ho idea di cosa ci sia lì, però".

Guardai Will volare sulla creatura, con un sentimento oscuro che si insinuava nel mio cuore.

Sussurrai: "Sembra che ci sia un problema".

Tutti annuirono in silenzio. "Beh, credo che salterò la cena e andrò direttamente alle Colline di Nokorath", disse Zach.

"Vengo anch'io", aggiunse Arius, con una faccia seria.

"E anch'io", aggiunse Elashor con una strizzatina d'occhio, prima di aggiungere: 'Non esiste che vi permetta di divertirvi senza di me'.

"Bene, allora è deciso. Facciamo un pranzo veloce, poi andiamo in montagna con i nostri cavalli".

Protestai: "Ehi! Voglio venire anch'io".

"Riesci a malapena a stare in piedi da sola", ribatté Steven con dolcezza. Sapevo che aveva ragione, ma mi sentivo comunque in colpa per il fatto che la compagna di Will era stata uccisa.

"E tu devi tornare alla gilda magica domani mattina per un ulteriore addestramento", disse Blake, prima di aggiungere: "Torniamo a palazzo. Non vorremmo far aspettare il Re e la Regina".

A malincuore, annuii e li seguii. Le mie gambe si sentivano troppo deboli per cercare di oppormi al loro consiglio. Steven mi aveva praticamente trascinato. Sapevo che il mio compagno non mi avrebbe permesso di fare qualcosa di così avventato, comunque. Sapeva in che stato ero.

"Certo, dannazione! Non ti lascerò finché non ti sentirai meglio", mi esortò nella mente.

Le sue parole erano gentili, ma potevo sentire la determinazione del suo lupo. Sarebbe andato in capo al mondo per me.

"Grazie, amore mio". Entrai di nuovo nella sua mente. Sentii subito il suo lupo rilassarsi a quelle parole.

Quando arrivammo a palazzo, Zach guardò Blake. "Per favore, spiega al Re e alla Regina che non possiamo essere lì per cena. Prenderemo un pasto dalla cucina prima di uscire a cavallo". Blake annuì. Li abbracciai e augurai loro ogni bene.

Quando entrammo nel palazzo, Blake andò a parlare con il Re e la Regina. Un servitore ci mostrò la nostra stanza.

Rimasi a bocca aperta quando entrai nella nostra camera da letto. C'era un grande letto sulla parete di fondo e di fronte c'era un camino. Il soffitto era decorato da travi di legno. Il pavimento era piastrellato con diversi tipi di marmo e pietre, formando un disegno elegante. In uno degli angoli c'era un tavolino con due sedie.

Mi lasciai cadere sul letto, esausta.

"Perché non fai un bagno rilassante?" propose Steven. "Sono sicuro che ti sentirai meglio".

Ogni muscolo del mio corpo mi faceva male.

"Sembra proprio una buona idea".

Steven sorrise, il suo lupo faceva le fusa dolcemente. "Ti preparo il bagno, amore mio".
Mi sfiorò le labbra con un bacio prima di andare in bagno.

Tornò pochi secondi dopo. "L'acqua sta scorrendo e ho aggiunto alcune piante all'acqua. Dovrebbe aiutarti a rilassarti e a sentirti meglio".

Le sue braccia forti mi avvolsero e il mio corpo si rilassò immediatamente. Respirai profondamente il suo profumo. Mi baciò dolcemente il collo.

"Probabilmente dovremmo andare in bagno", sussurrai.

Lui sorrise e mi sollevò tra le braccia. Mi aggrappai alle sue spalle mentre mi portava in bagno.

Mi sorpresero le dimensioni della vasca. Probabilmente era abbastanza grande per tre o quattro persone. Immagino che questo sia uno dei vantaggi di vivere in un castello. Dovrò ricordarmi di confrontare i bagni del castello dei vampiri.

"Mi piacerebbe visitare con te i bagni del castello di tua sorella", rispose una voce roca nella mia testa.

Sorrisi mentre Steven mi metteva delicatamente a terra. La vasca era già piena per più della metà. L'intera stanza profumava di fiori.

Mi tolsi lentamente i vestiti. Gli occhi di Steven divoravano il mio corpo mentre lo facevo. Potevo sentire il suo desiderio attraverso il nostro legame di coppia. Mi piaceva il potere che il mio corpo aveva su di lui. Come questo lupo forte sarebbe caduto in ginocchio per me.

Gemevo mentre il mio corpo entrava nell'acqua calda. Mi sentii subito rinvigorita.

Sentii i vestiti cadere a terra dietro di me. Mi girai e vidi Steven nudo.

Mi chiese sorridendo: "Posso unirmi a te?"

Lo presi in giro: "Sembra che tu lo abbia già deciso".

Lui rise e mi spiegò: "Non pensavo che ti saresti opposta".

Io sorrisi e sollevai un sopracciglio. "E se lo facessi?"

Ridacchiò piano. "Guardami negli occhi e dimmi seriamente che non mi vuoi nella vasca con te".

"Sai che lo voglio". Sorrise e si fece strada nell'acqua insieme a me.

Steven iniziò a lavarmi, accarezzando delicatamente la mia pelle. I brividi mi attraversarono il corpo mentre baciava ogni centimetro della mia pelle. Mi piaceva come quest'uomo forte potesse prendersi cura di me con tanta delicatezza. La stanchezza che sentivo prima era sparita. Il mio corpo ora desiderava avvicinarsi al corpo duro e muscoloso di Steven. Per entrare in sintonia con il suo corpo come solo il mio poteva fare; così perfettamente fatti l'uno per l'altro, in una beatitudine di amore e piacere. Lo baciai languidamente, tirandolo più vicino a me.
Un gemito mi sfuggì dalla bocca quando i miei capezzoli sfiorarono il suo petto. Il suo lupo ringhiava di desiderio attraverso il petto. Sapevo

quanto gli piacesse. Sentivo già il suo rigonfiamento crescere nell'acqua tra di noi.

"Oh, bambina! Sei sicura di farcela? Prima eri piuttosto esausta". Mi piaceva il fatto che si preoccupasse per me. Annuii, con un sorriso diabolico sul viso.

"Accidenti, adoro quel tuo sorriso sexy!" Le sue parole rotolavano sul mio seno mentre lo leccava avidamente. Le sue dita stavano venerando ogni centimetro del mio corpo. Non riuscii a trattenere un gemito quando iniziò a giocare con il mio clitoride. Cominciai a spingere i fianchi, la mia figa era bagnata e non a causa dell'acqua. Lui continuava a strofinarmi il clitoride, il piacere cresceva dentro di me.

"Oh, Steven! Prendimi!" Lo implorai.

"Non prima di aver goduto per me, amore".

Mi afferrò i fianchi con l'altra mano, tenendomi in posizione mentre mi massaggiava sapientemente la figa. Inarcai la schiena, gemendo forte mentre venivo.

I suoi occhi scintillavano di eccitazione. "Sei così bella!"

Inserì un dito nella mia apertura, facendomi gemere.

"Cazzo, Steven! Sono venuta, prendimi".

"Girati", mi ordinò.

La sua voce era piena di autorità. Sapevo che veniva dal suo lupo. Mi piaceva quando il suo lupo voleva il comando e prendeva il controllo. Mi girai, inginocchiandomi nella vasca da bagno, tenendone il bordo.

"Ora vieni di nuovo per me, amore", mi ordinò mentre entrava in me.
Gemetti alla sensazione del suo cazzo duro che mi riempiva. Cominciò a spingere i fianchi, formando delle onde nella vasca mentre facevamo l'amore. L'acqua si rovesciava sul pavimento, ma non me ne importava nulla. Il mio corpo fremeva di piacere mentre Steven spingeva dentro di me innumerevoli volte. Continuava a farlo, il respiro caldo dei suoi gemiti mi soffiava sul collo. Mi sentivo stringere intorno a lui mentre spingeva più a fondo. Non riuscii a trattenermi e urlai il suo nome mentre raggiungevo l'orgasmo, le mie pareti pulsavano intorno a lui. Gemette forte mentre veniva pochi secondi dopo.
"Brava la mia ragazza", mi sussurrò all'orecchio mentre mi leccava il lobo.

Ridacchiai dolcemente.

"Adoro quando prendi il controllo in questo modo, Steven".

Mi baciò il collo fino alla spalla, con i denti che mi graffiavano leggermente la pelle.

"Lo so", fece le fusa.

Nel profondo del suo petto, potevo sentire un profondo brontolio provenire dal suo lupo, erano fusa di soddisfazione. Rimasi tra le sue braccia per un po', crogiolandomi in questo momento di perfezione.

"Non riesco a credere a quanto ti amo", mi sussurrò all'orecchio. "Nessuna parola potrebbe mai esprimere ciò che provo per te".

Sorrisi alle sue parole. "Sarò sempre tua", gli sussurrai.

Lui mi rispose: "Come io sono tuo".

Baciai le sue labbra deliziose, assaggiandolo di nuovo, perché non ne avevo mai abbastanza di lui.

Solo quando decidemmo di uscire dalla vasca mi resi conto di quanta acqua si era rovesciata per terra.

"Oh, mio Dio! È meglio pulirla" esclamai.

Steven rise. "Sei così perfetta per me, amore mio. Vai a riposare sul letto. Pulisco io".

Fui felice di lasciare che Steven asciugasse l'acqua. Anche se mi sentivo più energica di prima, ero ancora stanca.

Mentre aspettavo che Steven mi raggiungesse, bussarono alla porta. Ero ancora nuda e non avevo il tempo di vestirmi. Sapevo che la porta era chiusa a chiave.

Gridai: "Sì?"

Una voce si schiarì dall'altra parte della porta. "Signora, la cena sarà servita tra poco. Il Re e la Regina vi aspettano per raggiungerli nella sala da pranzo".

Non mi ero resa conto di quanto tempo fosse passato dal nostro arrivo. Dovevo prepararmi, e in fretta.

Risposi: "Grazie! Arriveremo tra poco".

Aspettai che il domestico rispondesse, ma dalla porta non giunse alcun suono, il che significava che probabilmente se n'era andato.

Finalmente Steven uscì dal bagno. "Steven! Dobbiamo andare in sala da pranzo!"

Mi sorrise. "Hai intenzione di andarci così?"

Risi alla sua battuta. "No, idiota! Ma è meglio prepararsi!"

Scoppiò a ridere. Adorava fare battute stupide come questa e sapeva che piaceva anche a me. Mi sfiorò le labbra con un bacio e prese il vestito che aveva comprato nel pomeriggio.

"Perché non lo indossi? Sono sicuro che sarai bellissima".

Guardai il vestito azzurro polvere. Scintillava sotto la luce e potevo sicuramente sentire la magia che ne derivava. Avevo paura che fosse troppo stretto, ma mi stava perfettamente. Sembrava fatto apposta per me. Una volta indossato, mi sentii immediatamente rinvigorita. Sentivo la magia scorrere in me. Non sapevo quali poteri avesse il vestito, ma era una benedizione.

Mi legai i capelli, liberando le spalle e lasciando alcune ciocche sciolte. Girai la testa verso il fischio di Steven.

"Wow! Sei ancora più bella di quanto pensassi".

Sorrisi al commento di Steven. Poi lo guardai da capo a piedi. Aveva indossato pantaloni neri formali e una classica camicia bianca. La camicia era un po' stretta sul suo petto muscoloso e mi sembrava sexy.

"Anche tu non sei male, lupo". Gli feci l'occhiolino.

Mi piaceva stuzzicarlo chiamandolo così. Il suo lupo mi fece le fusa dolcemente.

"Perché non andiamo in sala da pranzo, prima che ti divori... E questa volta userò la bocca", mi stuzzicò Steven.

Inspirai profondamente. "Beh, se la metti così, non sono sicuro che dovremmo andare".

Rise alla mia affermazione e mi tirò verso la porta. "Credo sia meglio raggiungere il Re e la Regina".

Fece l'occhiolino mentre io ridacchiavo. "Sì, credo che tu abbia ragione".

Capitolo 9 (Blake)

Un fiore ardente

Uscii dalla sala del trono e andai direttamente negli alloggi della servitù. Il mio cuore batteva forte. Ero impaziente di vederla. Non riuscivo ancora a credere quanto questa donna mi avesse colpito. Ora che avevo trovato la mia compagna, non l'avrei lasciata andare. Avrei trovato un modo per farle capire quanto fosse perfetta. Mi sarei preso il tempo necessario per scoprire cosa provasse per me. Sembrava così timida. Si era costruita un guscio per proteggersi dai ricordi dolorosi. Avevo cercato di conoscere un po' il passato della sua razza. Dovevo ricordarmi di andare a documentarmi o di convincerla a parlarmene di più.

Mi si era stretto il cuore quando aveva detto che la sua famiglia era stata uccisa quando era bambina. Deve essere stato così difficile! Non c'è da stupirsi che si nascondesse nel suo guscio. Speravo solo di riuscire a farla uscire da questa brutta situazione.

Quando entrai la cucina era affollata come sempre. Tutto aveva un profumo delizioso. Scalanis fece un cenno di saluto quando mi vide. Bene. Visto il modo in cui quel bastardo le parlava prima, non avrei tardato a mettere in atto la mia minaccia. Tutta la mia rabbia scomparve quando la vidi. Indossava un grembiule sopra i pantaloni neri e una camicetta bianca. Non aveva bisogno di gioielli per essere bellissima. Mi avvicinai a lei, Scalanis si scansò mentre avanzavo in cucina.

Stava cucinando una salsa marrone in una pentola. Mi misi dietro di lei. Non sapevo bene cosa dire. Non volevo spaventarla. Proprio mentre stavo per dire qualcosa, si girò. Quando mi vide, emise un grido e lasciò cadere la spatola di legno. Mi trattenni dal ridere, ma non riuscii a nascondere il mio sorriso. Si mise una mano sul petto, poi fece un sorriso quando si rese conto che ero io.

"Mi hai spaventato!"

Ridacchiai mentre lei raccoglieva la spatola caduta.

"Scusa, non era mia intenzione. Stavo cercando di dire qualcosa, ma tu ti sei girata prima che potessi farlo".

Lanciò un'occhiata nervosa alle mie spalle, guardando Scalanis. Un ringhio mi sfuggì dal petto. Quell'uomo doveva stare al suo posto.

"Cosa ci fai qui?", sussurrò.

"Dovevo dirtelo", le dissi felicemente. "Potrò assaggiare il tuo cibo. Stasera cenerò con il Re e la Regina".

Arrossì alla mia affermazione.

"Oh, davvero?" Sembrava persa nei suoi pensieri.

"Ehi, non preoccuparti. Sono sicuro che sarà buono come te".

I suoi occhi si spalancarono. In quel momento mi resi conto di quello che avevo appena detto.

"Cosa?"

Mi sfregai la nuca con la mano. "Io... non è quello che intendevo. Scusa", le dissi. "Intendevo dire che sono sicuro che fai dei piatti fantastici".

Il suo sorriso sembrava il tesoro più prezioso su cui potessi posare gli occhi. Quando sorrideva, il gioiello giallo incastonato nel suo petto brillava. Mi chiedevo cosa fosse. Immagino che prima o poi avrei dovuto chiederglielo.

Ringhiai quando Scalanis si schiarì la voce dietro di me.

Eshenesra sussurrò: "Non puoi restare qui. Dobbiamo preparare il resto del banchetto".

Annuii. "Va bene, allora ci vediamo dopo".

Fissai Scalanis mentre uscivo dalla cucina. Non osò dirmi nulla.

Arrivai in camera mia e mi cambiai indossando dei pantaloni neri formali. Non capita tutti i giorni di mangiare allo stesso tavolo di un Re e di una Regina. Non possedevo una camicia formale, così il maggiordomo me ne prestò una dal guardaroba reale. Ne trovai una blu intenso che mi stava bene. Mi legai i capelli in modo ordinato. Mi sorpresi quando mi guardai allo specchio. Sorrisi guardando la mia immagine riflessa: non sapevo di poter essere così bello.

La cena si tenne nella sala banchetti. Era una sala molto lunga. Le vetrate lasciavano entrare la luce del sole e i candelabri la illuminavano ancora di più. Le pareti erano in pietra. Su un lato c'era un grande camino che riscaldava la stanza. Vicino al camino c'era un piccolo palco. Un bardo stava suonando la chitarra e intonava una canzone su alcuni avventurieri.

"Heareth the st'ry of Tanur, and its spice trad'rs! F'r admiral Cilistinu, Valentina, Vernu the myst'rious royal chef, and royal weapons exp'rt Alessandro, shall saileth the flotes, visiteth exotic islands, battleth legendary beasts, and consume most wondrous food".

Accanto al palco c'era una pista da ballo. Per ora era vuota, ma si sarebbe sicuramente riempita dopo cena. C'erano cinque lunghi tavoli allineati tra loro a formare un'unica lunghissima tavola. I tavoli erano coperti da tovaglie azzurre con ricami in filo d'oro. Vi erano posati candele, piatti di cibo e piatti da portata.

Il re e la regina erano seduti a un'estremità del tavolo. Ebbi la fortuna di essere seduto al loro fianco, insieme a Steven e Bianca. Eravamo gli ospiti d'onore.

Bianca e Steven erano già lì quando arrivai. Bianca indossava un abito sfolgorante. Credo che fosse il vestito che Zach e Steven le avevano comprato quando erano andati a fare acquisti. Fui felice quando Zach mi consegnò un'armatura da polso in pelle. Era rinforzata e incantata per darmi una maggiore velocità di attacco. Non vedevo l'ora di vedere come si sarebbe comportata in battaglia.

Il bardo smise improvvisamente di cantare, si alzò in piedi, fece un profondo respiro e gridò: *"Ev'ryone taketh a seat, the supp'r shall beest s'rved!"*

Rimasi stupito dalla mole del bardo! Era almeno tre teste più alto di tutti! Mi chiesi se venisse da un'altra parte del paese per parlare in quel modo. Aveva le orecchie da elfo, ma la sua struttura era più massiccia di quella degli elfi.

"Tutti rimangono impressionati la prima volta che lo vedono".

Mi girai e vidi il re che mi sorrideva. "E io che pensavo di essere alto!" esclamai.

Alluin sorrise alla mia osservazione. "Si chiama Adren. È un firbolg".

"Un firbolg?"

"Sì, della razza dei giganti".

La razza dei giganti? Avevo sentito delle leggende su di loro. "Pensavo che vivessero molto lontano".

"Di solito è così. Ma lui ha incontrato una donna elfica qualche anno fa. Si sono innamorati. Decise quindi di vivere in città con la moglie. Da allora è il bardo del castello, mentre la moglie si prende cura dei loro figli".

Osservai Adren. Si vedeva quanto amasse la musica dal modo in cui maneggiava i suoi strumenti. Altri musicisti si unirono a lui sul palco e iniziarono a suonare una dolce melodia, mentre i servitori portavano i piatti in tavola.

Eccola lì, la mia dolce Eshenesra. Anche con il grembiule da serva, mi sembrava più bella di una regina che indossa l'abito più prezioso. Sentivo il suo cuore battere più forte mentre si avvicinava a me. Mi sfiorò mentre mi posava il piatto davanti. Quel contatto me la fece desiderare di più.

Le sorrisi. "Grazie".

Lei arrossì e continuò il suo lavoro. Era un peccato non poter mangiare in sua compagnia. Tuttavia, cenai mentre parlavo con il Re, la Regina, Steven e Bianca. Il cibo era delizioso. Tutti si stavano divertendo. Poco più avanti riconobbi Iain, l'alto mago della gilda. Era seduto a un tavolo con una bellissima e giovane elfo femmina. Sembrava che gli piacesse molto la sua compagnia. Anche lei sembrava divertirsi.

Dopo cena, la gente iniziò a ballare sulle note del bardo. Bianca e Steven continuavano a parlare con il Re e la Regina. Pensai a Zach, Arius ed Elashor. Erano partiti da qualche ora. Mi chiesi se fossero già alle Colline di Nokorath. Staranno bene? Perché Will stava andando lì? Cosa diavolo era quella creatura su cui volava? In qualche modo, avevo un brutto presentimento. Speravo solo che lo facessero ragionare e lo riportassero qui sano e salvo.

Dimenticai le mie preoccupazioni quando vidi Eshenesra in piedi da sola in un angolo della stanza. I suoi capelli di fuoco contrastavano con la camicia bianca da serva. Non riuscivo a vedere il gioiello sul suo petto con questo abbigliamento, ma mi chiesi se non stesse brillando, come prima. Stava fissando il pavimento. Non mi notò nemmeno quando arrivai al suo fianco. Il bardo e i musicisti suonavano una vivace musica lounge e gli invitati ballavano.

"Mi concederesti questo ballo?"

Il suono della mia voce la fece trasalire. "Blake!" sorrise. Le offrii il mio braccio.

"Ma... non ho nemmeno un vestito. Sono in grembiule". Inspirai. Sicuramente non capiva l'effetto che aveva su di me.

"Eshenesra, tu sei la persona più buona, più bella, più tenera e più bella che io abbia mai conosciuto... E anche questo è un eufemismo".

Rimase senza parole. Mi fissò, senza sapere cosa dire, con una sola lacrima che le scendeva sulla guancia. "Sarebbe un onore se accettassi di ballare con me".

Mi fissò con i suoi occhi dorati, incendiando la mia anima. Il mio cuore ebbe un sussulto quando lei annuì e mi afferrò il braccio.

Ballammo al ritmo della canzone, i nostri corpi si muovevano in sincronia. I suoi capelli fluttuavano mentre la facevo volteggiare: un fiore di fuoco con un'attrazione magnetica. Mi attirava, catturando la mia anima nei suoi occhi fiammeggianti. Ero sicuro che ogni donna stasera avrebbe voluto abbagliare e brillare come lei.

La tenevo stretta a me, desiderando la sua pelle e il suo tocco. Avevo voglia di lei. I miei istinti vampireschi stavano diventando prepotenti. Il profumo della sua pelle mi inebriava. Respinsi i miei istinti. Il fatto che fossimo in una stanza circondata da persone mi aiutò molto.

Dopo qualche canzone, improvvisamente smise di ballare. Sussurrò: "Mi dispiace, Blake".

"Cosa c'è?"

Non capivo perché si stesse scusando così all'improvviso.

"Devo andare".

Il mio cuore affondò a quelle parole.

"Ti prego, resta ancora un po'".

I suoi occhi erano tristi e la sua voce era tremolante quando rispose: "Non posso".

Cercai di trattenere la sua mano nella mia, ma mi sfuggì. Non ebbi nemmeno il tempo di dirle cosa provavo o di provare a baciarla. Se ne andò così in fretta che non riuscii a vedere dove fosse finita. Intorno a me la musica continuava a suonare e la gente continuava a ballare.

Non capivo cosa stesse succedendo. Avevo fatto qualcosa di sbagliato? Avrei dovuto chiederglielo quando l'avrei vista la prossima volta.

Tornai al tavolo, dove Iain stava parlando con il re. Diedi un'occhiata in giro per la stanza e vidi Bianca e Steven che ballavano. Bevevo la mia coppa di vino di sangue, chiedendomi ancora cosa avesse spinto Eshenesra ad andarsene così di fretta.

"Vi state divertendo?", una voce melodiosa mi distolse dai miei pensieri.

Sorrisi a Solandra.

"Sì, mia regina".

"Sembravate perso nei vostri pensieri".

Le feci un cenno con la testa. "Suppongo di sì".

"Vi dispiacerebbe concedermi il prossimo ballo?", mi chiese.

La sua richiesta mi sorprese.

"Il Re sarà d'accordo che io balli con voi?"

Lei sorrise. "Temo che mio marito sia molto impegnato nelle sue vivaci conversazioni con il vostro amico. Sono abituata a ballare con i nobili durante i nostri banchetti, ma sembra che nessuno di loro mi abbia chiesto di farlo stasera".

Di certo non potevo dire di no alla regina. Se al re non dispiaceva, allora potevo concedermi un ballo.

Feci un piccolo inchino. "Sarebbe un piacere".

La regina mi afferrò il braccio e camminammo verso il centro della pista da ballo. La gente si affollò ai lati per farci spazio e i musicisti iniziarono a suonare un valzer. Fortunatamente sapevo ballare, avendo imparato centinaia di anni prima. La regina danzò con grazia, il suo corpo quasi scivolava nell'aria mentre io guidavo il valzer. Ballare con la regina era piacevole e lei profumava come un fiore delicato. Ma questa era pura cortesia. Quando la musica si fermò, lei fece un piccolo inchino, io mi inchinai e ognuno andò per la sua strada. La musica ricominciò e la gente riempì la pista da ballo.

Non aveva senso che rimanessi qui. Eshenesra se n'era andata da tempo. Domani ci aspettava una giornata importante. Decisi di ritirarmi nella mia stanza.

Mentre mi facevo strada nei corridoi deserti, sentii le grida di qualcuno. Seguii il suono. Si faceva più forte man mano che mi avvicinavo. Mi si strinse il petto quando una corrente di profumo di Eshenesra mi colpì il naso. Camminai più velocemente, sempre seguendo il suono del pianto. Giunsi a una piccola stanza. La porta era leggermente aperta. Il mio cuore si fermò quando la mia paura fu confermata: questa era la stanza di Eshenesra. La vedevo seduta sul letto, in lacrime. Non riuscii a trattenermi ed entrai nella stanza.

************ POV: Eshenesra ************

Il mio corpo era dolorante. Non riuscivo a trattenere le lacrime che mi scorrevano sulle guance. Era così in collera con me stessa. Niente poteva fermarlo.

Alzai la testa al rumore di qualcuno che camminava, spaventata che fosse tornato. Non era lui. Era Blake. Il calore mi riempì il cuore alla sua vista, ma anche vergogna. Non volevo che mi vedesse così. Cosa avrebbe pensato di me?

Mi strinsi lo scialle sulle spalle.

Chiese con voce sommessa: "Che succede?"

Il pensiero di Scalanis che mi colpiva ancora e ancora mi attanagliava. Anche dopo averlo implorato di smettere. Non riuscivo a pensare ad altro che a proteggermi gli occhi con le mani. Il dolore, che aveva causato lividi sul mio corpo, mi aveva intorpidita. Non avevo idea di cosa avessi fatto per farlo arrabbiare così tanto. Sembrava che gli occhi gli uscissero dalle orbite. Non avevo mai visto una tale furia. Continuava a chiedermi: "Perché? Sei una fottuta puttana!" Ma non avevo idea di cosa volesse dire. Almeno di solito stava attento a non lasciare segni. Questa volta, invece, aveva dato il peggio di sé.

Guardai gli occhi scuri di Blake. Aspettava una risposta. Non avevo il coraggio di dirgli quello che era successo. Mi vergognavo così tanto.

Alcune persone stavano percorrendo il corridoio, dando un'occhiata all'interno della stanza.

Blake si accigliò.

"Questa stanza non va bene per te. Tutti possono vedere e sentire tutto. Vieni nella mia stanza, starai meglio".

Mi porse la mano. Mi stava davvero invitando nella sua stanza? Aveva una delle stanze per gli ospiti più belle del castello. L'unico momento in cui potevo entrare in una stanza come quella era per pulire.

La sua voce era gentile.

"Vuoi venire con me?"

Non potevo credere a quanto fosse gentile con me. Era l'opposto di Scalanis.

Il mio cuore batteva forte quando era vicino. Tuttavia, temevo di essere ferita se mi fossi lasciata andare a lui.

Gli afferrai la mano e lo seguii per i corridoi fino alla sua stanza. Il dolore di ogni passo mi ricordava che probabilmente il mio corpo era pieno di lividi in molti punti. Per fortuna, lo scialle sulle spalle mi copriva le braccia, nascondendole a Blake.

Blake camminava lentamente, seguendo il mio passo, conducendomi dolcemente verso la sua stanza.

La stanza di Blake mi stupì. Era così bella! Sognavo il giorno in cui avrei potuto avere una stanza così bella, con un letto grande e comodo. La mia stanza da domestica era così piccola rispetto a questa. C'era anche un bagno completo annesso. Mi sarei sentita una principessa se avessi avuto una stanza così.

La vita era così crudele. Essere nata elfo scuro, disprezzata dalle altre razze. Speravo solo di poter vivere un giorno una vita normale, per conto mio, in città. Non volevo ricorrere al mercato clandestino, come facevano tanti altri elfi scuri. Svolgere i compiti disgustosi che le altre razze offrivano. I lavori peggiori che nessun altro voleva fare. Avvelenare persone, uccidere innocenti, rapire bambini, rubare gioielli di famiglia... la lista era lunga. Lavorare al castello era almeno un lavoro dignitoso, nonostante quello che Scalanis mi stava facendo passare.

La voce di Blake era gentile. "Perché stavi piangendo?"

Non avrei mai potuto dirgli la verità. Non sapevo cosa avrebbe fatto. Temevo la sua reazione.

"Mi hanno sgridato perché ho ballato con te".

Non capivo perché Scalanis fosse così arrabbiato, ma almeno avevo capito che era legato al fatto che avevo ballato con Blake. Sussultai quando un ringhio minaccioso sfuggì dal petto di Blake. Potevo vedere la rabbia nei suoi occhi. Indietreggiai di qualche centimetro, spaventata da ciò che avrebbe potuto fare. Vedendo la mia reazione, il volto di Blake si rilassò.

"Mi dispiace. Non volevo spaventarti. Non ti farei mai del male".

A quelle parole, emisi un respiro, mentre il mio battito cardiaco tornava alla normalità.

"Non capisco perché qualcuno ti abbia sgridato per aver ballato con me. Mi dispiace tanto. Non vorrei che qualcuno fosse crudele con te per colpa mia".

Mi afferrò le mani e mi avvicinò dolcemente a lui. Nonostante la sua delicatezza, piansi sommessamente per il dolore alle braccia. Lo scialle mi cadde dalle spalle sul letto, rivelando le mie braccia contuse. Gli occhi di Blake si spalancarono alla vista del mio corpo tumefatto. Cercai di rimettere a posto lo scialle, ma lui mi fermò. Passò dolcemente le dita sui miei lividi.

I suoi occhi bruciavano di rabbia, ma la sua voce era dolce.

"Chi ti ha fatto questo?"

Deglutii a fatica. Sapevo che non avrebbe lasciato perdere, ora che aveva visto i lividi. Non avevo altra scelta che dirglielo. Feci un respiro profondo prima di rispondere.

"Scalanis".

Strinse forte i denti.

"Perché ti ha fatto del male?"

Sussurrai, le parole mi sfuggirono a malapena dalle labbra: "Non ne sono sicura. Credo che sia perché ho danzato con te".

Blake strinse forte i pugni e dal suo petto uscì un ringhio basso e minaccioso.

"Farò del male a chiunque ti faccia del male. È ora di dare una lezione a questo figlio di puttana".

Ero spaventata da ciò che sarebbe potuto accadere se fosse andato da Scalanis. Il panico mi invase a questo pensiero.

Urlai con un filo di voce: "Per favore non farlo!"

Abbaiò: "Lo stai proteggendo adesso?"

Mi ritrassi dal tono della sua voce, indietreggiando un po', e scossi la testa. "Ho paura che dopo si vendichi, se vai a cercarlo".

Tutta la rabbia sparì da Blake. I suoi occhi ardenti erano ora pieni di tristezza. Mi sedetti sul letto, mentre la stanchezza mi assaliva per tutte le emozioni contrastanti.

Aggiunsi con un filo di voce: "Non capisco perché tu voglia fare questo per me".

Blake si sedette sul letto e prese le mie mani tra le sue.

"Non hai sentito quello che ti ho detto prima? Sei il fiore più delicato, ma allo stesso tempo ardente, che io possa desiderare. Mai nella mia vita ho provato qualcosa di simile per una donna. Tu accendi un fuoco profondo nella mia anima. Non ho parole per descrivere quanto mi sono innamorato di te in così poco tempo!"

Le sue parole erano troppo belle per essere vere. Mi sembrava che il mio cuore battesse così forte da uscire dal petto. Sapevo che era sincero. Non potevo continuare così. Provavo le stesse sensazioni.

Premetti le mie labbra sulle sue, accendendo scintille dentro di me. Il fuoco delle mie labbra si incontrò con la freddezza delle sue. La mia voglia brillava fortemente mentre ci baciavamo. Il mio cuore palpitò quando lo assaggiai per la prima volta. Mi afferrò le cosce e mi avvicinò, in modo da mettermi a cavalcioni su di lui.

Mi stupì la delicatezza di quelle braccia forti. Le sue dita scorrevano lungo la mia schiena, facendomi rabbrividire. Per la prima volta in vita mia, mi sentivo preziosa.

Interrompemmo il bacio. Era già tardi e dovevo alzarmi presto per svolgere i compiti al castello.

"Per quanto mi piacerebbe restare, devo andare a letto. Mi sveglio presto la mattina per svolgere i miei compiti".

Blake mi lasciò andare, a malincuore. Raccolse il mio scialle e me lo restituì. Lo presi, ancora tremante per le percosse subite.

Blake chiese con un tono profondo e dolce: "Resteresti con me? Per la notte?"

I miei occhi si spalancarono. Mi stava chiedendo quello che pensavo?

Aggiunse rapidamente: "Voglio solo stare con te. Niente di più. Solo sapere che sei al sicuro".

Sorrisi. Mi sembrava un pensiero carino.

"Ok".

Blake sorrise alla mia risposta e mi prese tra le sue forti braccia come se fossi la donna più preziosa del mondo.

Sussurrò: "Non hai idea di quanto mi hai appena reso felice".

Ci coricammo sotto le coperte. Blake mi avvolse tra le sue braccia. Mi sentivo così bene! Inspirai il suo profumo virile e appoggiai la testa sul suo petto. La mia voglia risplendeva luminosa.

"Posso chiederti? Cos'è questa sul tuo petto?"

"È una voglia. Non ho idea a cosa serva".

Blake la toccò con la punta del dito, facendola scintillare.

"È bellissima. Sembra un gioiello".

Non l'avevo mai vista in questo modo. "Grazie".

"Brilla sempre così?"

Scossi la testa. "Solo quando sono con te".

Blake sorrise prima di aggiungere: "Allora deve avere un significato speciale".

Sorrisi. "Deve essere vero".

La stanchezza mi opprimeva e mi faceva sbadigliare.

"Credo che dovrei lasciarti dormire".

Ridacchiai. "Mi sembra una buona idea".

Mi afferrò delicatamente la nuca e avvicinò le mie labbra alle sue, baciandomi dolcemente mentre giocava con i miei capelli. Sapevo che avrei dormito bene. Nessun incubo mi avrebbe visitato stanotte.

Capitolo 10 (Will)

Il tracollo

La tenevo per il collo. La sentivo lottare per respirare mentre la stringevo più forte. Il suo petto si alzava più rapidamente mentre i polmoni cercavano di prendere l'aria di cui avevano disperatamente bisogno. I suoi occhi ora avevano una sfumatura rossa perché si erano riempiti di sangue. La sua pelle, un tempo bianca, stava diventando blu. I suoi capelli bianchi, che un tempo scorrevano con il vento, ora riposavano senza vita sulla sua schiena. Era forte e combatteva bene. Ma niente mi avrebbe impedito di resuscitare la mia compagna. Le sue mani stavano perdendo la presa sul mio braccio, i suoi occhi si muovevano all'interno delle loro orbite.

"Bel lavoro," mi incoraggiò il demone.

I miei occhi scintillavano di eccitazione perché sapevo che presto avrei avuto il potere necessario per resuscitare la mia dolce Leila.

Era intorpidita, il suo corpo era pesante, appena vivo. Avrei potuto facilmente prendere l'Etcher del Desiderio, incastrato tra i suoi seni. Ma volevo sentire la sua anima abbandonare il suo corpo.

Non che lei potesse mandare le sue guardie a riprenderselo da me. I corpi delle ninfe dell'aria giacevano a terra, tra pugnali e spade. Erano solo insetti da schiacciare. La tempesta che infuriava in cima alla montagna si era spenta quando avevo iniziato a ucciderle. Come se si indebolisse per ogni anima che reclamava. Eurynomos continuava a guidarmi, istruendomi su ciò che dovevo fare per riavere la mia compagna. Sembrava soddisfatto dei miei progressi.

"Cosa diavolo stai facendo?", gridò una voce alle mie spalle.
Una volta conoscevo quella voce. Apparteneva a qualcuno che un tempo era stato importante per me. Sembrava che fosse passato tanto tempo. Ora, però, l'unica cosa che contava era riavere la mia compagna.

Mi girai e vidi Zach, Arius e una donna elfica. Si guardavano intorno, inorriditi. La donna elfica si teneva una mano davanti alla bocca, con i conati di vomito alla vista di tanti cadaveri.
Risposi con nonchalance: "Cosa sembra? La sto uccidendo".
"Perché lo stai facendo?", chiese Zach.
Alzai un sopracciglio. "Perché no?"

Mi guardarono con aria disgustata.
"Cosa ti è successo? Sei diverso".
Li fissai. Cosa volevano dire? Sì, avevo accettato i poteri del demone, ma solo per poter

resuscitare la mia compagna. Chiunque avrebbe fatto lo stesso. Non cambiava ciò che ero.

Vedendo che non rispondevo, Zach aggiunse: "Guardati allo specchio, Will".
Mi avvicinai al lago ghiacciato, tenendo ancora in mano il collo della ninfa. Osservai il mio riflesso sul ghiaccio. Le vene nere si stavano allargando sul mio viso. Studiando il mio riflesso, mi resi conto che la Regina delle Ninfe non viveva più. Sfilai il prezioso pugnale dai suoi seni, poi gettai via il cadavere.

Mi voltai verso Zach e gli altri e scrollai le spalle.
"Non lo so e non mi interessa. Devo tornare da Leila".
Zach fece un passo indietro.
"Will, è morta".
"Non lo è!" ringhiai con rabbia, il ghiaccio intorno a noi si incrinò per la potenza del mio grido.

Un pezzo di ghiaccio si staccò dalla montagna e cadde a pochi metri di distanza. La donna elfica si avvicinò ad Arius.
Le mie parole risuonarono con la forza della mia determinazione mentre parlavo.
"La riporterò indietro".
"È impossibile", rispose Zach.
"Niente è più impossibile per me", digrignai tra i denti.

Mi rallegrai della paura che potevo leggere nei loro occhi. Dovevano sapere che dovevano temermi se avessero cercato di fermarmi.

Zach chiese: "Hai... acquisito il potere in qualche modo?"

Gli ringhiai contro: "E se lo facessi?"

"Cosa... sei?" chiese Zach.

"Cosa ne pensi?" rise Eurynomos prima di aggiungere, *"Che cosa hai intenzione di fare, stupido ignorante?"* sputò Eurynomos da dentro di me, facendo suonare la mia voce più profonda di quanto non fosse normalmente.

Gridai ad alta voce a Eurynomos: "Chiudi quella cazzo di bocca, demone! Non puoi parlare se non decido che ti è permesso!" Quel demone doveva sapere qual era il suo posto.

Rendendosi conto di ciò che era successo, Zach chiese.

"Come hai potuto? Ti sei schierato con colui che ha ucciso la tua compagna! È un mostro! Non ci si può fidare di lui".

Feci un gesto con il braccio c un'onda di potere spazzò la neve davanti a loro.

"Zitto! Ha la forza che mi serve per rianimare Leila. Non potete capire cosa si prova a perdere la propria compagna, quella perfetta per te".

Smisero di parlare. Arius si avvicinò di un passo.

"Lo capisco".

Guardai il principe vampiro. Era vero. Aveva saputo cosa si prova a perdere la propria compagna. Ma oggi era qui con un uomo elfico.

"È vero, la tua compagna è stata uccisa. Quindi, immagino che tu ti sia trovato una puttana per aspettare il momento in cui la raggiungerai di nuovo nell'aldilà".

Arius tirò a sé la donna elfica.

"Non osare mischiare Elashor in questa storia. Il destino mi ha dato una seconda possibilità di amare".

Gli sputai addosso. "Il destino non dà una seconda possibilità".

Arius mi urlò contro, facendo da scudo a Elashor con il suo corpo.

"Will, so che fa male. Ci sono già passato. Ma non è troppo tardi. Vieni con noi. Lascia stare il demone. Cosa penserebbe Leila di questo?"

Distolsi la testa da loro. "Per me è troppo tardi".

Iniziai a tornare verso il gargoyle, quando sentii la voce di Zach: "Non te lo permetteremo".

La rabbia ribolliva dentro di me, facendo rimbombare il terreno. Volevano fermarmi. Potevano provarci. Non glielo avrei permesso.

Zach e Arius mi saltarono addosso, sferrandomi pugni, ma io ero troppo veloce per loro. Schivai ogni loro attacco. Elashor mi lanciava frecce, ma io ero troppo veloce per lei. Sinceramente, mi faceva pena la loro debolezza.

Anch'io un tempo ero stato così debole?

Zach era più forte di Arius, ma non bastava. Cercò di tirarmi un calcio in faccia, ma io mi mossi così velocemente che mi trovai alle sue spalle, colpendolo con un pugno in faccia mentre si voltava a guardarmi, sorpreso. Il sangue gli sgorgava dal naso rotto. Ma, nonostante ciò, continuò a reagire.

Arius cercò di colpirmi con le sue unghie affilate. Gli diedi un calcio al petto così forte che volò per aria di qualche metro e si schiantò contro una roccia con un forte rumore. La roccia si frantumò per l'impatto e il suo corpo finì a terra. Mi chiesi quante ossa si fossero rotte in quel colpo. Speravo che fosse sufficiente per tenerlo a terra. Che bastardi fastidiosi. Elashor corse da lui in preda al panico.

Zach raccolse una spada che giaceva a terra. Si scagliò verso di me, cercando di colpirmi all'addome. Saltai in aria e schivai la lama, sferrandogli allo stesso tempo un calcio in faccia.

"Vuoi giocare con le armi?" gli ringhiai contro.
Mi concentrai sul terreno. Due tekpi si staccarono da uno dei cadaveri e giunsero nelle mie mani. "Giochiamo", lo schernii.

Zach continuava a brandire la spada contro di me, o addirittura a cercare di colpirmi con le unghie, ma io ero troppo veloce per lui. Era così triste che questo potente licantropo-vampiro fosse così inutile. Erano queste le migliori speranze contro il potere del demonio? Questo mondo era condannato fin dall'inizio. Leila non avrebbe dovuto sacrificarsi per questo…
"Davvero patetico," convenne il demone dentro di me.

Innumerevoli volte gli squarciai il braccio con i tekpi, il suo sangue sporcava il terreno. Mi attaccò con la spada e mi colpì il braccio. Lo spinsi indietro con un calcio al petto. Zach gridò di dolore mentre le ossa della sua cassa toracica si rompevano.

Nello stesso momento, Arius si rialzò, tenendosi le costole. Nonostante il dolore, cercò di sferrare un attacco con i suoi poteri vampirici contro di me. I miei capelli ondeggiarono con il vento a causa del suo attacco. Non sentii nulla dal suo attacco. Ne avevo abbastanza. Era giunto il momento di porre fine a tutto questo.

Mi mossi rapidamente e raggiunsi Elashor senza che se ne accorgessero. Lei urlò mentre le puntavo il tekpi al collo.
Gridai contro di loro, tenendola ferma,
"Avete già finito di giocare?"
Lei cercava di liberarsi dalla mia presa, ma io ero molto più forte di lei.
"Non osare, cazzo", minacciò Arius. Il lupo di Zach mi ringhiava contro.
"Ho smesso di avere a che fare con voi, sciocchi rompiscatole. Non capite? Avete già perso", gridai loro con sdegno. "E poi ho altre questioni da sbrigare".
Trafissi la spalla di Elashor prima di spingerla a terra. Gridò di dolore mentre Arius e Zach correvano verso di lei.

Mi diressi verso il gargoyle che mi stava aspettando.

"Will! Non abbiamo ancora finito!" urlò Zach.

Li respinsi con la mano. "Io ho finito".

Salii sul dorso del gargoyle e spiccai il volo. Dovevo tornare al castello. Avevo il pugnale incantato. Era ora di far rivivere la mia dolce Leila.

************ POV: Blake ************

Mi svegliai tenendo ancora Eshenesra tra le braccia. Lei era il mio diamante nero, la mia donna di fuoco. Il suo profumo di lilla celeste mi inebriava. Mi ci era voluta un'eternità per addormentarmi ieri sera. La desideravo così tanto. Non riuscivo a pensare ad altro che al desiderio di reclamarla, di farla mia. Volevo affondare i denti nel suo collo. Volevo diventare un tutt'uno con lei. Ma era ferita e aveva bisogno di riposare.

I miei occhi caddero di nuovo sui suoi lividi. Ero così infuriato con Scalanis. L'unica cosa che mi impediva di affrontarlo era che non volevo che scatenasse la sua rabbia su di lei. Volevo proteggerla, tenerla al mio fianco. Mi era chiaro che non avrei mai lasciato questa città senza di lei. Avrei trovato un modo per portarla via con me.

Dopo aver riposato con lei tra le braccia, sapevo di non voler più dormire senza di lei. Era spaventoso. Per tutta la vita mi ero preoccupato solo di me stesso. Non ho mai dovuto preoccuparmi. Potevo combattere con tutto quello che avevo. La cosa peggiore che potesse accadere era che io morissi. Ma oggi tutto è cambiato. Per la prima volta ho avuto paura di perdere una persona a me cara. E questo mi spaventava a morte. Darei la mia vita per proteggerla. Ucciderei chiunque le facesse del male. Avrei fatto di tutto per farla sorridere il più spesso possibile. Volevo che si sentisse al sicuro con me. Volevo che si aprisse con me. Volevo che sapesse che con me poteva condividere i suoi segreti più profondi.

Lei cominciò ad agitarsi nel sonno, ad aprire gli occhi e ad abbellirmi con il suo sguardo d'oro.

"Ehilà, bella".

Sorrise. "Sono così felice che non sia stato un sogno".

Scoppiai a ridere e la baciai. "Ci puoi scommettere, non era un sogno!"

Chiese pigramente: "Che ora è?" Non riuscii a rispondere prima che si spaventasse. "Probabilmente sono in ritardo per il lavoro!"

Cercai di farla rilassare. "Calmati! Mi prendo io la colpa".

Mi fissò negli occhi. "Pensi che funzionerà?"

Sorrisi. "Farò in modo che funzioni".

Mi cambiai in bagno. Eshenesra non aveva con sé un cambio d'abito, così mi aspettò.

Scendemmo a fare colazione. Mentre mangiavamo, Scalanis entrò nella stanza, urlando.

"Eshenesra! Eccoti qui! Dove sei stata? Brutta sgualdrina buona a nulla!"

Strinsi i denti. Dovetti usare tutta la mia pazienza per non saltargli addosso e bere la sua vita. Gli rivolsi uno sguardo severo. Non potevo fargli del male davanti al Re e alla Regina. Ma potevo usare i miei poteri senza che nessuno lo sapesse.

Sorrisi a questo pensiero e spinsi la mia forza oscura vampirica verso di lui. All'improvviso smise di muoversi e mi fissò, con il battito accelerato dalla paura. Sogghignai: poteva sentirlo benissimo.

La regina stava attraversando la stanza. Non sentiva i miei poteri perché li avevo diretti solo su Scalanis. Alzò un sopracciglio e chiese a Scalanis: "C'è qualcosa che non va?"
Non gli permisi di rispondere. Cercò di parlare, ma gli rubai la voce. I suoi occhi si spalancarono mentre continuava ad aprire la bocca per parlare, ma non uscì nemmeno un suono.

Mi voltai verso la Regina e parlai con tono di scusa. "Mi dispiace, Vostra Maestà. Ho tenuto Eshenesra occupata questa mattina e quindi è in ritardo per i suoi compiti".
La regina annuì. "Sono sicura che Scalanis è riuscito a far fare tutto a qualcun altro". Voltò la testa verso di lui. "Non è vero?"
Scalanis era ancora bloccato dai miei poteri. Annuì semplicemente, con la bocca aperta e il sudore che gli imperlava la fronte.

Aggiunsi: "Con tutto il rispetto, Vostra Maestà. Credo che la signorina Eshenesra non si senta bene oggi. Sarebbe possibile per lei prendersi un giorno di riposo?"
Solandra annuì e sorrise. "Ma certo! Non dovrebbe essere un problema, vero Scalanis?"
Lentamente, lui scosse la testa.

Felice di come stavano andando le cose, tolsi i miei poteri.

Scalanis, come se emergesse dalle profondità delle acque, sembrava riprendere fiato. Lanciò un'occhiata a me e a Eshenesra, ma non osò dire nulla. Speravo che questo lo spaventasse abbastanza da farlo stare lontano da Eshenesra. Si inchinò alla regina e lasciò la stanza.

Bianca e Steven entrarono nella stanza e iniziarono a fare colazione. Eshenesra sembrava più rilassata ora che poteva avere il giorno libero. Aveva ancora lo scialle sulle spalle. Mi chiedevo quanto tempo ci sarebbe voluto perché le sue ferite guarissero.

"Santo cielo!" urlò Bianca.

Alzai lo sguardo verso la porta e vidi Zach, Arius ed Elashor che entravano nella stanza. Erano feriti, sanguinavano sul pavimento e zoppicavano. Elashor aveva un'arma conficcata nella spalla.

Gli gridai: "Cosa vi è successo?"

Arius rispose con voce roca: "È stato Will".

Bianca si mise una mano sulla bocca. Sussurrò: "Non può essere!"

Zach si sedette al tavolo, trasalendo per il dolore. Arius continuò a parlare mentre teneva Elashor per la vita.

"Will... è cambiato. Si è schierato con Eurynomos".

Ero sconcertato. Non potevo credere a ciò che Arius aveva appena detto. Era impossibile. Eurynomos era responsabile della morte di Leila.

Will non poteva stare dalla parte dell'assassino della sua compagna.

Io risposi: "Non ci credo!"

Zach replicò: "È vero... In qualche modo, pensa di poter rianimare Leila".

Bianca gridò: "Ma non può essere! Non ti credo!"

Elashor rispose con voce sommessa: "Eppure, in qualche modo è vero".

Bianca rispose: "Dobbiamo fermarlo".

Era incredibile. Non potevo credere che Will si fosse schierato dalla parte dei demoni. Soprattutto dopo quello che era successo alla sua compagna.

Chiesi loro: "Avete idea di dove sia?"

Arius rispose: "Stava volando verso nord con la sua creatura. Deve avere una base o qualcosa del genere laggiù".

Bianca rispose: "Non sono ancora pronta per andarci. Devo ancora esercitarmi".

Io risposi: "È vero. Dovremmo andare alla gilda della magia. Forse potremmo fare un incantesimo di guarigione su voi tre nello stesso momento".

Tutte mi guardarono e annuirono.

Bianca aggiunse: "È un'idea eccellente. Partiremo domani mattina per combattere Will".

Zach rispose: "Ma non sappiamo dove sia Will".

Bianca rispose: "Non lo sappiamo... ancora. Abbiamo tutto il giorno per capirlo".

Steven rispose: "Andrò in giro per la città a chiedere".

Elashor rispose: "Devo togliermi quella cosa dalla spalla... Ma dopo ti aiuterò".

Eshenesra aggiunse: "Non so di che cosa si tratti, ma darò una mano anch'io".

Il mio cuore si scaldò a quelle parole e le mormorai: "Mi piacerebbe che tu venissi con noi".

************ POV: Eshenesra************

Rimasi scioccato nel vedere lo stato in cui si trovavano. La donna elfica aveva persino un'arma conficcata nella spalla. Non ero sicura di capire tutto quello che stava succedendo, ma sapevo di volerli aiutare. Li seguii in città, dato che Blake aveva convinto la Regina a concedermi un giorno libero. E le ero molto grata.

Rimasi vicino a lui mentre camminavamo per le strade. Arrivammo rapidamente alla gilda della magia. Bianca si voltò verso di noi.

"Dirò a Iain di darvi una pozione curativa", disse, indicando i feriti. Poi aggiunse: "Elashor, per favore, vieni con me. Ti toglieremo questo tekpi dalla spalla".

La donna elfica la seguì all'interno. Aspettammo fuori per un po'; Blake stava parlando con Zach.

"È una cosa brutta. Non posso credere che Will abbia deciso di schierarsi con Eurynomos".

"È così potente! Sono riuscito a malapena a scalfirlo".

"Spero solo che i poteri di Bianca siano abbastanza forti da permetterle di contrastarlo".

"Ci dev'essere qualcosa che possiamo usare per aiutarci".

Era una cosa seria. Non ero sicuro che fosse una buona idea, ma proposi: "Forse potreste usare del veleno?"

Entrambi mi guardarono. Aspettai ansiosamente una loro reazione.

"Potrebbe essere una buona idea", disse Blake.

"Sai dove possiamo procurarcelo?", chiese Zach.

Feci un cenno con la testa. "Potrei condurvi al mercato clandestino".

Gli occhi di Blake si allargarono. "Sai come entrarci?"

"Sì... La maggior parte degli elfi scuri lavora lì. Io cerco di evitarlo, ma so dove si trova".

"Allora è deciso!" disse Zach. "Ci dirigeremo lì".

"Non prima di aver bevuto questo", disse Bianca, porgendogli una fiaschetta.

Al suo fianco c'era Elashor, che sembrava essere guarita. Zach bevve la pozione, mentre Bianca ne diede una ad Arius.

"Dove siete diretti?", chiese Bianca.

"Stiamo andando al mercato clandestino a prendere del veleno da usare contro Will", dichiarò Zach.

Bianca si mise una mano sulla bocca. Zach le mise una mano sulla spalla. "Bianca, so che Will è tuo fratello. Ma si è schierato con il demone ed è più forte che mai. Abbiamo bisogno di tutto quello che possiamo per aiutarci a sconfiggerlo". Sospirò, poi aggiunse: "Non dimenticare che è anche mio nipote".

La parola sembrava pesare molto sulle sue spalle.

"Beh, credo che dovrei andare a vedere quel negozio di ninnoli", disse Elashor.

"Intendi Kõrvits?", chiese Arius.

Elashor sorrise e tirò fuori un piccolo orologio da tasca. "Sì, sono sicuro che ha un sacco di aggeggi utili che possiamo usare per combattere. Non ha detto che costruiva dei robot che combattessero per lui?"

"È un'idea eccellente!", esclamò Bianca. "Voi ragazzi fate questo mentre io mi addestro ulteriormente".

"Perfetto, io andrò al mercato sotterraneo con Eshenesra", dichiarò Zach.

"Vengo anch'io", aggiunse Blake. Il mio cuore si arrossò al pensiero che anche Blake sarebbe venuto.

"Poi andrò con Arius ed Elashor al negozio di ninnoli", disse Steven.

"Si chiama 'Ye Olde Atelier'", aggiunse Elashor.

"Bene, divertitevi ragazzi", disse Bianca prima di salutare Steven con un bacio.

"Salutami Kõrvits", aggiunse Blake con un sorriso.

Questo negozio sembrava davvero divertente. Sembrava più divertente che andare al mercato clandestino. Mentre ci preparavamo ad andare, Blake mi strinse la mano e mi sussurrò: "Grazie per avermi aiutato".
Bastarono quelle parole per farmi battere il cuore. Allontanarmi da lui si stava rivelando impossibile. Temevo il giorno in cui se ne sarebbe andato. Per il momento, ero felice di passare la giornata con lui.

Camminai per le strade con Zach e Blake. Era strano essere colei che guidava il cammino. Ero abituata a seguire gli ordini e a seguire gli altri. Non il contrario. Ma era anche piacevole.

Presto arrivammo in una strada buia. Qualche anno prima c'era stato un grosso incendio. Le case e i negozi erano bruciati, ma la gente non riteneva che valesse la pena ricostruirli. Le assi di legno bloccavano le finestre. Alcune case non avevano più porte. Alcune persone vivevano ancora in quelle rovine: rifiutate, indesiderate, non gradite. La feccia di tutte le razze, che viveva tra i propri simili, l'unico posto che non avrebbe urtato la vista. Alcuni di loro ci stavano spiando mentre attraversavamo frettolosamente la strada.
"Ignorateli", sussurrai a Zach e Blake prima di accelerare il passo.

Arrivammo presto a quella che un tempo era una torre di guardia. Era stata risparmiata dall'incendio; le sue pareti erano fatte di rocce e la porta era di metallo. Le guardie l'avevano abbandonata da tempo. Non c'era bisogno di proteggere le persone che vivevano nei bassifondi.

Bussai tre volte alla porta di metallo. La pesante porta di metallo si aprì scricchiolando quel tanto che bastava per permettere a un uomo di esaminarci dall'interno.

Mi chiese con diffidenza: "Cosa volete?"

Sussurrai: "Siamo venuti per la merce".

L'uomo grugnì: "Non abbiamo merce qui".

Gli risposi con uno sputo: "So benissimo che avete della merce! Ora smettila di fare il finto tonto e facci entrare. Conosco Darren".

Gli occhi dell'uomo si spalancarono. Darren era molto conosciuto nel mercato clandestino. Non c'era bisogno di dire altro. Aprì la porta e ci fece entrare.

La stanza era buia, illuminata dalle candele lungo la parete.

Feci un gesto a Blake e Zach. "Seguitemi".

Seguimmo il corridoio fino ad arrivare a una grande stanza aperta. Oltre c'era un'altra grande stanza aperta, e poi un'altra ancora. Erano antiche baracche e campi di addestramento per le guardie, trasformate in un grande mercato. I tavoli erano addossati al muro e al centro delle stanze. Si poteva a malapena camminare tra le bancarelle.

I clienti curiosavano tra le merci, restando in disparte. Nessuno voleva farsi vedere nel mercato clandestino. I venditori spesso tenevano il cappuccio. Altri non se ne curavano, visto che i loro volti erano stati dipinti in rosso sui manifesti dei ricercati.

Camminai con Zach e Blake, lasciandoli curiosare tra la merce. Blake continuava a tenermi la mano.

Presto individuai quello che stavo cercando.

"Darren!" esclamai con piacere.

L'elfo scuro mi sorrise; i suoi occhi verdi brillarono quando mi vide.

"Eshenesra! È passato tanto tempo! E hai portato anche degli amici".

Gli sorrisi di rimando.

"Questi sono Zach e Blake. Stanno combattendo contro un demone, da quanto ho capito".

"Un demone!" La voce di Darren era piena di stupore mentre parlava.

"Piacere di conoscerti", disse Blake con voce profonda.

"Un demone molto potente", aggiunse Zach.

"Ho pensato che tu potessi avere qualcosa che potesse aiutarli a sconfiggerlo", dissi a Darren.

Lui sorrise alla mia affermazione.

"Ma certo! Ora, fammi controllare", rispose, mentre frugava nelle sue ampolle.

Zach aggiunse: "Potremmo non avere molte possibilità di colpirlo. Qualcosa di forte sarebbe probabilmente la cosa migliore".

Blake lo fissò. "E se lo uccidesse?"

"Credimi. Ho visto la sua forza. Il veleno non lo ucciderà".

"Ah!" Esclamò Darren, avendo trovato quello che cercava. Teneva in mano una piccola fiala nera.

"Questo è il veleno più potente che ho. Si ritiene che provenga direttamente dalle Gorgoni! Naturalmente, non si può mai essere sicuri della provenienza di queste sostanze. È molto raro!"

Zach disse, riflettendo: "Le Gorgoni! Questo sì che è interessante. Lo prenderemo".

Darren sorrise. "Sono cinquemila pezzi".

Io gridai: "Cinquemila pezzi?! Sono più pezzi di quelli che guadagno in un anno!"

Zach prese un sacchetto dalla sua cintura, contò alcuni pezzi e li diede a Darren.

"Ecco qua!" disse, mentre raccoglieva la fiala data da Darren.

"Dove diavolo hai preso questi soldi?" chiese Blake.

Zach sorrise. "Il Signore dei vampiri voleva assicurarsi che avessimo tutto il necessario per il nostro viaggio".

Darren disse loro: "Aprite la fiala e versate il contenuto sulla lama della vostra spada quando combattete".

Lo ringraziai sentitamente. "Quando vuoi, amico mio".

Ci salutò con un cenno della mano mentre ci allontanavamo dal suo banco.

Ci incamminammo verso l'uscita, mentre Blake e Zach litigavano ancora per il prezzo pagato per la fiala di veleno. Era divertente guardarli. Sembravano due fratelli che bisticciavano.

Tornammo lentamente al castello. Avevo il giorno libero, quindi avrei potuto rilassarmi nel mio alloggio. Magari godermi un po' di tempo all'aperto nei giardini.

Quando arrivammo al castello, Blake smise di parlare. Era serio. Mi chiedevo cosa stesse succedendo, ma non osavo chiedere.

"Grazie per averci mostrato il mercato sotterraneo", disse Zach.

Gli feci un cenno di assenso. Per la prima volta in vita mia, sentivo di avere davvero degli amici con me. Persone che si preoccupavano per me e su cui potevo contare. Avevo paura di perderli. Speravo di poterli tenere nella mia vita il più a lungo possibile.

"Sono stata contenta di stare con voi", dissi di cuore.

Blake mi guardò. "Ci vediamo più tardi. Goditi il tuo giorno libero".

Gli feci un cenno e lo guardai preoccupata mentre entrava nel castello e andava direttamente nella sala del trono. Non mi diede nemmeno un bacio d'addio. Disse a malapena qualcosa e sembrò avere fretta di andare a parlare con il Re. Mi chiesi perché.

Capitolo 11 (Bianca)

Logorata

Non riuscivo ancora a credere che Will si fosse alleato con il demone che aveva ucciso la sua compagna. Non aveva alcun senso. Mio fratello... lo amavo così tanto. Ero determinata più che mai a dominare i miei poteri. L'avrei fatto ragionare. Avrei salvato mio fratello.

Le gambe mi tremavano, ma continuavo a resistere. Il pensiero di Will mi faceva lottare oltre i miei limiti. Avevo bisogno di essere forte, di essere un'eroina per il mio fratello maggiore. Avrei sconfitto Eurynomos e avrei riavuto mio fratello. Lo supereremo insieme, come è giusto che sia.

"Bianca, fai una pausa! Per ora basta così".

Ansimai e feci un cenno a Iain. Mi ero allenata tutta la mattina e tutto il pomeriggio. Avevo imparato le basi. Ora stavo imparando a raccogliere i poteri della Dea della Luna. Il mio corpo era così provato, ma sapevo di essere abbastanza forte per farlo.

Iain mi fissò. "Quell'abito che indossi... È magico, vero?"

Annuii. "È quello che mi hanno detto. Quando l'ho indossato l'altro giorno, mi sono sentita subito rinfrancata e ho sentito la magia scorrere nelle mie vene".

Iain rimase pensieroso per un momento. "Se dovessi tirare a indovinare, direi che probabilmente rigenera la salute e il mana. È un vestito molto potente".

Rigenerazione? Non sapevo che fosse possibile! Potrebbe spiegare perché sono riuscita ad allenarmi così intensamente senza crollare.

"È molto utile!" pensai ad alta voce.

"Vogliamo pranzare prima di continuare?"

Gli feci un cenno di assenso. L'impiegato della gilda magica ci portò dei panini al tonno.

Dopo il pranzo, passammo il pomeriggio ad allenarci ancora. Alla fine della giornata, mi sembrava di aver finalmente imparato a controllare la magia che scorreva nelle mie vene. Ero in grado di piegarla alla mia volontà. Attaccando ferocemente, proteggendo o curando me stessa. Mi sembrava che l'abito mi aiutasse molto, visto che non sembravo mai a corto di mana. Era una buona cosa. Domani saremmo dovuti partire per fermare Will.

L'impiegato venne a prenderci mentre facevamo una breve pausa.

"Mi dispiace interrompere. Sono arrivati gli amici della signora".

"Di già?" chiesi, stupita.

Guardai l'orologio e vidi che era già pomeriggio inoltrato.

Iain parlò con un sorriso sincero: "Credo che tu sia pronta, mia cara".

Sorpresa, voltai la testa verso Iain.

"Lo pensi davvero?"

Lui mi fece un cenno con la testa. Non potei fare a meno di abbracciarlo. "Oh, grazie per il tuo aiuto, Iain!"

"Ma non è stato niente", rispose, strizzando l'occhio. "Ora fai attenzione e vai a salvare il mondo".

Scesi le scale e fui accolta da Arius, Elashor e dal mio dolce Steven. Il mio cuore batteva alla sua vista.

Mi spinsi nella sua mente. "Quanto mi sei mancato!"

Sentii il suo lupo fare le fusa prima che rispondesse: "Anche tu mi sei mancata, amore mio".

"Com'è andato l'addestramento?", chiese Elashor.

Io sorrisi. "È stato fantastico! Iain dice che mi ritiene pronta".

"Perfetto!", rispose Elashor.

Cominciammo a camminare verso il castello. Notai che Arius portava una grossa e pesante scatola.

"Che cos'è?" Chiesi.

Arius rispose: "È una piccola cosa che ci ha dato Kõrvits. È il suo modo di aiutarci a combattere".

"Smettila! Sono curiosa! Voglio sapere cos'è".

Rise. "Lo vedrai quando saremo tornati al castello. Voglio che anche Blake e Zach lo vedano".

Sospirai, delusa. "Va bene, ok, rientriamo subito, allora".

************ POV: Will ************

Mentre tornavo al castello sul gargoyle, non potevo fare a meno di gioire. Finalmente avevo l'Etcher del Desiderio. Era giunto il momento di far rivivere la mia dolce Leila. Non vedevo l'ora di stringerla di nuovo tra le mie braccia. Mentre volavo vicino al castello, notai che alcuni membri del battaglione erano all'esterno a fare la guardia. Bene. Era meglio che proteggessero il castello e Leila.

Il gargoyle atterrò sul tetto del castello. Entrai dalla soffitta e scesi.
Davanti a uno specchio intravidi la mia immagine riflessa. Mi fermai per un minuto, fissandola. La mia pelle era cosparsa di macchie nere. Il blu dei miei occhi si era scurito al punto che si riusciva a malapena a distinguere l'iride dalla pupilla. Grugnii. Non era una buona cosa. Di questo passo, Leila non mi riconoscerà quando tornerà a vivere.

Urlai a Eurynomos: "Non mi hai avvertito di questo, demone!"
Un ringhio mi sfuggì dal petto, ma non proveniva dal mio lupo, bensì dal demone. Mi resi conto che era passato un po' di tempo dall'ultima volta che avevo parlato con il mio lupo e mi chiesi se stesse ancora soffrendo per la rottura del legame di coppia.

Infastidito, Eurynomos rispose, *"Rilassati, lupetto. Ti riconoscerà grazie al tuo legame di coppia"*.

Tirai un respiro di sollievo. È vero, non avevo pensato al legame di coppia. Certo, mi avrebbe riconosciuto. Non poteva fare altrimenti.

Mi fermai nella stanza dove giaceva. Era ancora nel letto, con gli occhi chiusi, proprio come l'avevo lasciata. Era bella come sempre. Avrei voluto restare al suo fianco, ma non era ancora viva. Le sfiorai la mano fredda con un bacio, mormorando una dolce promessa: "Ancora un po' e saremo di nuovo insieme".

Non volevo lasciarla, ma un avvertimento del demone fu sufficiente per convincermi a uscire dalla stanza.

"Non scordare l'invasione".

Grugnii al demone e mi diressi verso il resto del castello. I miei servitori avevano lavorato bene. Avevano ripulito la polvere e le ragnatele. Il castello cominciava ad avere un aspetto che sarebbe piaciuto a Leila.

Andai al portale nella sala del trono. Il generale centauro era lì.

"Fai rapporto", ordinai, infastidito da questa guerra.

Il centauro si inchinò leggermente prima di rispondere.

"Tutto sta andando bene, padrone. Controlliamo la maggior parte delle città principali. Uccidiamo chiunque non si pieghi a noi. Tutto procede secondo i piani".

Questa invasione era inutile. Non me ne importava nulla.

"*Ma a me interessa! Rammenta il nostro accordo,*" disse Eurynomos con rabbia.

"A proposito del nostro accordo. Ho l'"Etcher del Desiderio". È ora che tu tenga fede alla tua parte dell'accordo e la riporti in vita".

Sentivo dentro di me l'irritazione di Eurynomos.

"*Non posso ancora rianimarla*".

Urlai: "Cosa? Mi hai detto di recuperare il pugnale. L'ho fatto!"

"*Devi creare una torre per drenare l'energia dai vivi. Per rianimare qualcuno è necessaria un'immensa quantità di energia. Ma prima, per creare la torre, devi rompere il pugnale in modo che io possa recuperare i miei poteri*".

Cominciavo a dubitare delle intenzioni del demone, ma ormai era troppo tardi. Sarei andato fino in fondo.

Lasciai cadere il pugnale a terra. Poi chiesi a uno degli orchi vicini di prestarmi la sua mazza. Con essa colpii il pugnale, senza successo. Continuai a colpire, con la fronte sudata per lo sforzo. Dopo alcuni tentativi, il pugnale si spezzò a metà, separando la lama dall'impugnatura. Nel farlo, sentii un'energia oscura scorrere nelle mie vene. Il potere si riversava in me. Mi rinvigoriva a un livello che non avrei mai creduto possibile.

Di sicuro, ora avevo abbastanza potere per generare la torre di cui parlava Eurynomos.

"Demone, come faccio a generare la torre?"

Sentivo il demone sorridere dentro di me.

Feci come mi aveva chiesto il demone. Mi concentrai sulla creazione di una torre, anche se non avevo idea di come farlo. Il dolore cominciò a scorrere dal mio corpo. Mi sembrava che le mie viscere si stessero lacerando. Un grido di agonia mi sfuggì dalle labbra, squarciando il silenzio del momento. Sentivo che anche Eurynomos stava lavorando. Mi tenevo la testa tra le mani, scavando con le unghie nella mia pelle per il dolore. Caddi in ginocchio, consumato dalla sofferenza. La mia testa cominciò a girare, poi tutto divenne nero.

************ POV: Kate ************

Ero stanca. Quante onde avevamo già respinto? Non riuscivo a tenere il conto. I nostri soldati erano stanchi e anche i draghi. Per fortuna, Elwin e Ravynne erano in grado di curare i feriti, ma mi chiedevo quanto tempo ci volesse prima che non riuscissero più a reggere il ritmo.

Damien stava orchestrando tutto, ma potevo sentire la sua preoccupazione attraverso il nostro legame di coppia. Manteneva una maschera forte, ma non riusciva a nascondermelo. Continuavo a incoraggiarlo attraverso il nostro legame di coppia.

Era passato un po' di tempo da quando Bianca era partita e non avevamo più avuto sue notizie. Speravo solo che fosse riuscita a dominare i suoi poteri, in modo che gli attacchi cessassero presto. Damien era il Signore dei vampiri. Il nostro popolo contava su di noi per la sua sicurezza. Non ero sicura di quanto a lungo saremmo stati in grado di farlo.

Inoltre, ero preoccupata per il branco di Will, il mio vecchio branco. I miei genitori stavano bene? Erano stati attaccati duramente come noi? Speravo solo che tutti stessero bene.

Osservai impotente dal balcone mentre i nostri guerrieri respingevano l'ennesima ondata di creature malvagie. Mi chiesi quanti orchi potessero esserci. Sembrava che il loro numero non avesse fine! Lo stesso valeva per goblin, arpie, centauri, succubi e altri vili demoni che ci attaccavano.

Ero felice che Cain e Zarek fossero ancora con noi, perché erano guerrieri formidabili. Combattevano al fianco di Lilith. Intorno a loro si era formata una pila di cadaveri. Damien aveva insistito per combattere al loro fianco, nonostante la cosa mi preoccupasse terribilmente. Ma mi spiegò che non poteva restare lì a guardare l'esercito che attaccava. Voleva proteggere me, la sua compagna. Lo capivo perfettamente, poiché provavo lo stesso sentimento nei suoi confronti.

I corpi si accumulavano. Il suono del metallo si scontrava ovunque. Il numero dei nemici si stava finalmente riducendo, dandomi la speranza che stessimo vincendo. I cuochi stavano già preparando stufato e bicchieri di sangue per rifornire i nostri guerrieri dopo l'ondata. Avevano combattuto tutta la notte ed erano sicuramente stanchi. Spero che abbiano il tempo di riposare prima della prossima ondata.

Le tende del castello erano state chiuse per filtrare i raggi del sole nascente, dando ai nostri soldati maggiori possibilità di riposare.

La terra tremò. Mi appoggiai alla ringhiera perché mi sentii improvvisamente debole. Il castello fu presto immerso nell'oscurità. In lontananza, una struttura alta e scura era sorta a est, nascondendo completamente il sole. Era immensa e nascondeva il sole nascente, lasciandoci nell'ombra. Mi guardai intorno nel cortile e tutti i soldati stavano combattendo con difficoltà.

"Stai bene?" sentii attraverso il legame con il mio compagno.

"Mi sento debole".

Damien prese atto delle mie parole e potei sentire la sua comprensione attraverso il nostro legame.

"Come tutti qui. Sto arrivando".

Tornai nella nostra stanza e lo aspettai. Mi sentivo troppo spossata per fare qualsiasi cosa. Ci vollero solo pochi secondi perché arrivasse.

"Non so cosa sia questa torre", disse. "Ma sembra che stia prosciugando l'energia dei nostri soldati. Dobbiamo contrastarla, altrimenti soccomberemo".

Ora era seriamente preoccupato. Era sempre così sicuro di sé. Questo non poteva essere un bene.

"Cosa possiamo fare?"

Continuai a cercare nella mia mente, ma a parte far saltare la torre, non vedevo cosa potessimo fare. Damien sorrise quando vide quello che stavo pensando attraverso il nostro legame.

I suoi occhi brillavano mentre parlava.

"Potrebbe funzionare, ma prima dobbiamo distruggere l'attuale ondata di nemici. E credo di sapere come farlo".

Mi prese la mano. Ci precipitammo in infermeria per vedere Elwin e Ravynne.

"Elwin! Dobbiamo attivare l'antica magia del castello", ordinò Damien.

Il vecchio stregone rimase a bocca aperta.

"Siete sicuro, mio signore? Sapete cosa implica".

"È una situazione terribile! Dobbiamo farlo, anche se ciò significa che potremmo perdere alcuni cittadini".

Li guardai entrambi con occhi spalancati. Ravynne li guardò allo stesso modo.

Chiesi: "Uno di voi vorrebbe spiegarci cosa sta succedendo?"

Si voltarono entrambi a guardare me e Ravynne, come se si fossero ricordati che eravamo lì e non sapessimo di cosa stessero parlando.

"Oh, giusto", disse Damien con tono grave. "La magia dell'antico castello è un potente scudo che va attivato solo in caso di emergenza. Ma così facendo, lancerà un'onda di energia abbastanza forte che potrebbe uccidere parte dei cittadini vampiri, o addirittura distruggere una parte della città. Ma date le circostanze... credo che sia la nostra unica opzione".

Ora capivo l'esitazione di Elwin. Proteggere il castello, a rischio di uccidere la nostra stessa gente. Ma vista la torre che ci prosciugava le energie, le onde incessanti e i soldati stanchi, poteva benissimo essere la nostra unica opzione.

"Giusto, capisco", risposi dolcemente.

"Che ne pensi, mio piccola lupacchiotta?", chiese Damien attraverso il nostro legame di coppia.

"Penso che sia una cosa ragionevole da fare, che potrebbe permetterci di salvare più vite di quante ne perderemo. Quindi, dovremmo farlo", risposi ad alta voce.

Damien mi sorrise.

"Grazie, mia Regina", rispose, prima di aggiungere attraverso il nostro legame di coppia: "La tua opinione è molto preziosa per me. Sono felice di poter contare su di te in questo momento di pressione".

Ho sorriso con orgoglio al suo commento, anche se ero l'unica a sentirlo.

"Grazie, amore mio", sussurrai attraverso il nostro legame di coppia, inviandogli un'ondata d'amore.

"Sbrighiamoci a raggiungere la sala di controllo", rispose Elwin indicandola.

Lo seguimmo tutti lungo una scala di pietra che non avevo mai visto prima. Si trovava in una parte del castello in cui non ero mai stata. Ragnatele decoravano le pareti. Scendendo, vedemmo uno strano meccanismo controllato da una grande manovella di cristallo.

Ho chiesto: "Dobbiamo spostarlo?"

Damien scosse la testa. "È attivato dalla magia. Abbiamo bisogno di Elwin e Ravynne per sbloccarlo. Solo allora potremo attivarlo".

Elwin disse a Ravynne alcune parole in una lingua che non conoscevo. Ravynne annuì. Immagino fosse una lingua magica universale o qualcosa del genere. Insieme, iniziarono a pronunciare parole magiche cantando.

"Protegat activate scutum magicae.".

Dal meccanismo si sentì un grande sferragliamento, come se qualcosa si fosse sbloccato. Damien mi fece un gesto. Iniziai a spingere la manovella con lui, mentre Ravynne ed Elwin continuavano a cantare. La manovella cominciò a muoversi, così come gli ingranaggi. Continuammo a spingere finché il meccanismo non si fermò.

Intorno a noi si sentì un fruscio e sul soffitto si accesero dei cristalli.

Damien era eccitato. "Andiamo a vedere".

Ci alzammo il più velocemente possibile. Il rumore della battaglia era cessato. Quando guardammo fuori, potemmo vedere che l'esercito dei demoni era scomparso. I nostri soldati erano in piedi con un'espressione di stupore. Intorno al castello c'era una grande bolla di energia. Scintillava ogni volta che un nemico, o l'energia oscura proveniente dalla torre a est, cercava di colpirla. Questo mi permise di vedere il bordo incandescente della bolla, altrimenti invisibile. Anche la sensazione di prosciugamento dell'energia era sparita. Mi sentivo di nuovo meglio.

"Ha funzionato!" esclamò Elwin stupito.

I soldati stavano già rientrando per mangiare e riposare, dato che i nemici erano spariti.

"Fantastico! Prendiamoci cura dei nostri soldati, allora", dissi impaziente.

"Sì, poi vedremo cosa fare per liberarci di questa torre. Non possiamo tenere lo scudo protettivo sempre acceso. Prima o poi l'energia si esaurirà", disse Damien.

Lo guardai, preoccupata. Non avevo idea che fosse una cosa temporanea. Allora dovevamo trovare una soluzione e in fretta. Ma almeno questo ci consentiva di guadagnare un po' di tempo.

************ POV: Blake ************

Stavo cenando in compagnia di Zach ed Eshenesra. Il cibo era ottimo. Non le avevo detto cosa avevo chiesto al Re e alla Regina. Speravo che non si arrabbiasse con me. Glielo dirò quando sarò solo con lei. Per il momento, ero felice di osservare quanto velocemente fosse diventata amica di Zach. Sorrideva e parlava con vivacità. Era come se fosse una persona completamente diversa da quella che era prima. Vederla così mi riempiva il cuore di gioia.

Lottai con i miei istinti che mi dicevano di reclamarla. Diventava sempre più difficile ogni ora che passava. Presi un bicchiere di vino di sangue per cercare di calmare la bestia dentro di me. Era un'eredità oscura dei vampiri che di tanto in tanto mi ringhiava dentro, imponendomi di reclamare la donna che amavo. Mi stava facendo impazzire. Sapevo che era la mia compagna. Speravo che anche lei provasse lo stesso sentimento nei miei confronti.

Bianca, Steven, Arius ed Elashor entrarono nella stanza. Arius portava una grande scatola.
"Ciao a tutti!", disse Bianca, allegramente.
"Bentornati!" risposi io.
"Com'è andato l'addestramento?" chiese Eshenesra.
"Benissimo! Iain ha detto che sono pronta".
Questa era una buona notizia. Sapevo che dovevamo partire presto. E da quello che mi aveva detto Zach, non sarebbe stata una battaglia facile.
"Cos'è quella grande scatola?" chiese Zach.

Un suono metallico risuonò quando Arius posò la scatola sul pavimento. Sorrise, guardandoci.
"Kõrvits ti manda i suoi saluti".
Aprì la scatola e ne estrasse una piccola macchina.

"Che cos'è?" chiesi con curiosità.

La scatola ne conteneva decine. Ne presi una in mano. Era grande quanto la mia mano. Aveva delle eliche sulla parte superiore e conteneva delle frecce.

Arius rispose: "Kõrvits l'ha chiamata warkot. È una macchina volante che sputa frecce contro i nemici".

Osservai la macchina che avevo in mano, stupefatta.

Esclamai: "È incredibile! Ne aveva di simili nel suo negozio?"

Elashor annuì. "Ricordi quando ha detto che viaggiava con i suoi amici? Era uno dei tipi di robot che costruiva. Ne aveva un mucchio in una scatola".

Steven aggiunse: "Quando gli abbiamo detto che dovevamo combattere un demone, ha subito insistito perché li prendessimo".

"Soprattutto dopo che gli ho detto quanto mi piaceva il cucù tascabile che mi aveva regalato", aggiunse Elashor.

"E voi ragazzi?", chiese Arius.

Zach prese la fiala di veleno dalla tasca.

"Eshenesra ci ha portato al mercato clandestino. Abbiamo preso questo veleno".

Tutti fissarono la fiala nera.

"Dovrebbe essere molto potente", aggiunse Zach.

"Sarà sicuramente utile", disse Bianca.

Proprio mentre parlavamo, il pavimento tremò, facendo oscillare i lampadari e spostando le cornici. Ci guardammo tutti in faccia, chiedendoci cosa fosse appena successo. Le guardie del castello entrarono nella stanza, alla ricerca di ciò che poteva minacciare il castello.

"Che diavolo è stato?", chiese Bianca.

Arius stava per dire qualcosa quando un portale si aprì dal nulla. Iain ne uscì, preoccupato.

"Ho sentito una forte onda magica provenire da ovest. Ho pensato di raggiungervi".

"Ne stavamo giusto parlando", rispose Bianca.

"Il castello è in pericolo", disse Arius con tono serio.

"Questo castello?", chiese Eshenesra, preoccupata. Le afferrai la mano e la strinsi.

"No", rispose Arius. "Il castello del vampiro è in pericolo. Questa è un'antica magia di protezione nascosta nel castello. Dovrebbe essere usata solo in situazioni di ultima spiaggia".

Eshenesra sembrò sollevata dalla sua risposta. Il castello elfico era la sua casa. O almeno, lo era, ma lei non lo sapeva ancora.

"Dobbiamo tornare al mio castello, e in fretta!" disse Arius.

Stava per andare quando Iain lo fermò.

"Lascia che venga con te. Posso aprire un portale per il castello. Sarà più veloce che arrivarci a piedi".

Arius sorrise al mago.

"Sarebbe fantastico! Ma non abbiamo idea di cosa ci aspetta. Sei davvero pronto a mettere a rischio la tua vita senza sapere cosa dovremo affrontare?"

Iain gli fece un cenno. "Certo, sembra divertente!"

"Ok, allora apri un portale affinché possiamo attraversarlo".

Elashor intervenne: "Non pensare di andartene senza di me!"

Arius si voltò verso di lei e sorrise: "Non oserei mai, amore mio". La baciò teneramente.

Ero combattuto. Come fedele guardia di Damien, mi sentivo obbligato a tornare al castello per aiutare. Ma allo stesso tempo non volevo lasciare Eshenesra. E poi c'era ancora la questione dello scontro con Will.

Fissai Eshenesra, poi Arius, che mi stava sorridendo.

Il sorriso si ampliò. "Dovresti restare qui, Blake. Aiuta a combattere il demone. Io proteggerò il castello con Damien".

Quelle parole mi riempirono di sollievo. Il sorrisetto che aveva sul volto mi fece pensare che sospettasse qualcosa su Eshenesra e me. Non riuscii a dirgli quanto gli fossi grato. Mi limitai a chinare il capo. "Come desiderate, mio principe".

Zach disse loro: "Mi raccomando, abbiate cura di voi". I tre annuirono prima di entrare nel portale.

Osservai tutti. Era il momento di prepararci per il viaggio. Dissi ad alta voce quello che tutti stavano pensando. "Dovremmo partire anche noi. Mettiamo fine a questa guerra".

Tutti annuirono, ma gli occhi di Eshenesra si oscurarono. Sembrava triste. In quel momento capii che dovevo dirglielo. Ma prima che ne avessi la possibilità, un servitore del castello mi interruppe.

"Signorina Eshenesra? Il Re e la Regina desiderano vedervi, ora".

Girò la testa verso di me. "Non te ne andrai prima che io abbia la possibilità di salutarti, vero?"

Sorrisi. "Non preoccuparti di questo".

Anche lei sorrise, sollevata, e seguì il servitore nella sala del trono. Sorrisi tra me e me. Sapevo cosa il Re e la Regina stavano per dirle.

"Come faremo a trasportarli?" chiese Zach, indicando la scatola dei robot volanti.

"Credo che potremmo dividerli tra le bisacce dei nostri cavalli", propose Steven.

"Mi sembra una buona idea", risposi.

Preparammo le bisacce e le provviste per il viaggio e le fissammo sui cavalli.

Capitolo 12 (Blake)

Prezioso

Eshenesra ci raggiunse qualche minuto dopo. Sembrava scioccata. Le afferrai la mano con dolcezza.

"Che cosa c'è?" Le chiesi dolcemente.

Lei mi fissò negli occhi.

"Il re e la regina... hanno detto che dovrei venire con voi".

Sorrisi alle sue parole. Quindi non le avevano detto che ero stato io a chiedere che partisse con me. Speravo che non glielo dicessero. Volevo che mantenessero la nostra conversazione privata.

Quando le chiesi se potesse venire con me, mi chiesero perché. Rimasero inorriditi quando dissi loro come Scalanis la stava trattando. Non avevano idea che la picchiasse. Pensavano solo che fosse duro con lei, di tanto in tanto, ma mai che la situazione fosse così grave. Accolsero immediatamente la mia richiesta, promettendo di assicurarsi che Scalanis non picchiasse nessun altro. Scalanis era stato degradato e ora doveva eseguire gli ordini di un altro. Avevano già nominato un nuovo capo per gli alloggi dei servi. Non sarebbe cambiato ciò che aveva fatto a Eshenesra, ma era gratificante sapere che non era più lui a comandare. Naturalmente, se fosse dipeso da me, gli avrei fatto di peggio.

Sorrisi a Eshenesra.

"Sono felice che ti abbiano chiesto di venire con noi".

Lei ricambiò il sorriso. "Sono un po' scioccata, ma sono felice anch'io".

Le feci un gesto con la mano. "Non abbiamo abbastanza cavalli per tutti. Dovresti salire sul mio cavallo insieme a me. Ti va bene?" Mi studiò, poi annuì.

La aiutai a salire sul mio cavallo, poi mi sedetti dietro di lei. La sensazione di averla così vicina a me, mi faceva impazzire. Il calore del suo corpo contro il mio sembrava un paradiso.

Appoggiò la schiena contro il mio petto mentre iniziavamo a cavalcare. Il movimento del cavallo faceva ondeggiare i suoi fianchi in modo sensuale. La desideravo tanto. Il suo collo era così vicino a me che potevo quasi sfiorare con i denti la sua pelle, sentendo le sue vene pulsare al passaggio del sangue. Era stuzzicante e facevo fatica a resisterle. Il suo irresistibile profumo di pesche e spezie era inebriante. Dovetti lottare contro i miei istinti vampirici che volevano prendere il controllo su di me.

Ci sarebbero voluti alcuni giorni per arrivare al Castello di Darton. Non avrei mai immaginato che dolce tortura sarebbero stati questi giorni di viaggio. Averla così vicina a me, eppure fuori portata. Avere il cuore in fibrillazione per questa dolce tentatrice, il mio focoso fiore del desiderio. Dovevo calmarmi e controllare i miei istinti. Non potevo permettermi di prenderla davanti a tutti.

"Ancora non capisco perché il Re e la Regina mi abbiano chiesto di venire con voi".

Il mio cuore batteva forte. Non sapevo come dirglielo. Sarebbe stata felice o mi avrebbe odiato per averla portata via dalla sua vita? Non le avevo nemmeno chiesto se voleva venire con me.

"Beh, devo confessare che è per colpa mia".

"Cosa?"

"È grazie a me che il Re e la Regina ti hanno chiesto di venire con me".

Lei girò la testa per guardarmi con occhi spalancati, mentre il cavallo continuava a camminare. "Come mai?"

Non volevo dirle che avevo parlato del fatto che Scalanis la picchiava. Ero sicuro che non le sarebbe piaciuto. Ma non potevo stare a guardare senza fare nulla, sapendo come veniva trattata.

Questo e il fatto che l'amavo e non potevo sopportare il pensiero di perderla. Eppure, per qualche motivo, non sapevo come esprimerle questi sentimenti. Non avevo mai vissuto un'esperienza del genere. Un combattimento con la spada era molto più semplice. Mi sentivo perso, non sapendo cosa fare con queste emozioni che mi stavano travolgendo.

La cosa più semplice che potessi fare era inventarmi una spiegazione stupida. "Ho detto loro che volevo mangiare bene mentre eravamo in viaggio".

Mi pentii di averlo detto nel momento stesso in cui lo feci. Era stupida, ma era la prima idea che mi era venuta in mente. L'espressione di delusione sul suo volto mi fece sprofondare il cuore. "Oh... È tutto qui? Vuoi mangiare bene mentre viaggi?"

Sembrava ferita e io mi sentivo il peggior idiota mai esistito. Il cuore mi martellava nel petto. Dovevo confessare quello che provavo con lei.

"La verità è che non potrei nemmeno pensare di partire senza di te. Mi dispiace. Sono stato un egoista. Spero che tu possa perdonarmi. Ho pensato solo ai miei sentimenti e al bisogno di averti vicino. Non potevo sopportare di stare senza di te".

Mi fissò con occhi spalancati. Quei secondi di silenzio sembrarono un'eternità. Aspettai con ansia la sua risposta. Alla fine sorrise e si accoccolò più vicino a me. Un senso di sollievo mi colse quando sussurrò: "Grazie".

La abbracciai mentre tenevo le briglie del cavallo. Il cuore mi martellava nel petto. Era troppo allettante. Mi chinai verso di lei e le baciai il collo, soffermando le mie labbra sulla sua pelle. Lei girò la testa verso di me, sorridendo. Chiuse gli occhi mentre le sue labbra incontravano le mie e la sua mano si posò sul mio petto. Un profondo rimbombo mi risuonò nelle viscere.

Sussurrò: "Avevo così paura che te ne andassi e che non ti avrei più rivisto".

Il solo pensiero era insopportabile. La strinsi tra le braccia. "Non potrei mai farlo!"

Viaggiammo in silenzio per un po'. Sentivo l'odore della morte quando passavamo davanti ai villaggi. L'esercito dei demoni era scomparso. Non era rimasto nulla. Le case erano distrutte, le fattorie bruciate. Tutto era stato annientato. Probabilmente erano andati a combattere nella città successiva. Era uno spettacolo triste.

I pochi sopravvissuti rovistavano tra le macerie, cercando di trovare qualcosa da salvare dalla carneficina. In alcuni punti, grandi mucchi di cadaveri stavano bruciando. Era un fetore terribilmente dolce, qualcosa di simile al cuoio conciato alla fiamma, con un pizzico di rame e zolfo. Era così denso e ricco che potevo quasi assaggiarlo.

Decidemmo di allontanarci dalle strade principali e di tornare nei boschi. Volevamo evitare a tutti i costi di incontrare l'esercito dei demoni. Il nostro obiettivo era raggiungere Eurynomos il più velocemente possibile e porre fine a questa carneficina.

Mentre cavalcavamo, un grosso drago volò sopra le nostre teste. Era così basso che il vento causato delle ali del drago strappò le foglie dagli alberi. Ci fermammo un attimo per ammirare la magnificenza della bestia. Un uomo era in groppa al drago. Lo sentii gridare: "Più in alto, Sozar. Dobbiamo raggiungere Eiyrăl". Il drago sbatté le ali per qualche istante, guadagnando quota e volando rapidamente nell'aria. Presto furono così lontani da poter pensare che si trattasse solo di un enorme uccello.

Arrivammo presto al limitare del bosco. Più avanti si vedevano delle pianure e poi un ponte.

"Dovremmo accamparci qui per la notte", disse Zach.

"Potremmo cavalcare ancora per un'ora o due", obiettò Steven.

"È vero, ma sarebbe più sicuro accamparsi nel bosco piuttosto che nella pianura".

Aveva ragione. Scendemmo da cavallo e ci accampammo. Il re e la regina elfici ci avevano dato molte provviste. Io avevo già cenato, ma Bianca e Steven non ne avevano avuto l'occasione prima di partire. Parlammo intorno al fuoco mentre Bianca e Steven mangiavano. Eshenesra mi coccolava e io non potevo essere più felice. Era già tardi, così decidemmo di concludere la giornata.

Mentre ero sdraiato nella mia tenda con Eshenesra, non riuscivo ad addormentarmi. Era troppo per me. Non potevo più oppormi. Avevo bisogno di reclamarla. Era un impulso così forte che non riuscivo a trattenerlo ancora a lungo.

Sentivo che anche lei non dormiva.

Sussurrai con voce roca: "Eshenesra, c'è qualcosa che devo dirti".

I suoi occhi gialli brillarono nell'oscurità mentre si girava a fissarmi.

"Sì, Blake?"

La sua voce era morbida e melodiosa.

"Ho cercato di contrastarlo tanto, ma non è servito a nulla".

"Contrastare cosa?"

Deglutii a fatica.

"Combattere questi sentimenti che provo per te. Ma non ci riesco! Ho bisogno di dirlo".

Lei mi supplicò: "Ti prego, non farlo!"

Alzai lo sguardo su di lei, sorpreso: "Perché?"

La sua voce era solo un mormorio: "Perché se mi lasci, mi farai del male".

Il mio cuore affondò a quelle parole.

"Eshenesra, non ti lascerò mai. Non capisci? Sei il fuoco che alimenta la mia anima. Sei la mia compagna. Sarò con te, per sempre".

Sentivo il battito del cuore di Eshenesra aumentare.

" La tua... compagna?"

"Sì, la mia compagna. Quella fatta apposta per me, come io sono fatto per te. Sarò tuo per sempre".

I suoi occhi cercarono la mia anima, il suo cuore si sincronizzò con il mio.

"Me lo prometti?"

Annuii, guardandola dritto negli occhi.

“Lo prometto. Ti amo più di quanto le parole possano esprimere, Eshenesra”.

Lei sorrise.

“Anch'io ti amo, Blake”.

Quelle parole erano troppo belle per essere vere. Come una confessione sincera, pronunciata dopo essere stata tenuta segreta per troppo tempo.

Le mie labbra divorarono le sue con passione, mentre accarezzavo dolcemente il suo corpo. Il suo corpo rispondeva al mio, i suoi fianchi dondolavano dolcemente contro i miei.

Le chiesi, senza fiato: “Ti prego, non mi permetti di reclamarti?”

“Reclamarmi? Che cosa significa?”

“È qualcosa che noi vampiri facciamo. Significa... significa che posso condividere con te i miei sentimenti più profondi. Amarti, anima e corpo. Fare l'amore con te... e bere il tuo sangue”.

Nei suoi occhi balenò la preoccupazione.

“Vuoi bere il mio sangue?”

“Ti ho desiderato così tanto. Mi fa male. Ma non preoccuparti, non ti farò del male. Ne berrò solo un po'. Ti giuro che non ti farà male”.

Vedevo che stava riflettendo se farlo o meno.

“Sei sicuro che non mi farà male?”

“Sicurissimo. Questo morso sigillerà il legame tra noi. Ti renderà mia, come io sono tuo. Ti prometto che ti piacerà”.

Lei sorrise.

“Sembra una cosa bellissima”.

“Certamente. Non voglio obbligarti a farlo. Questo è il legame più intimo che i vampiri possano condividere. Le nostre anime saranno intrecciate per sempre. Potremo anche essere in grado di condividere i nostri pensieri”.

Invece di rispondere, Eshenesra iniziò a baciarmi, con il suo gioiello che brillava sul suo petto. Il suo bacio era appassionato e voglioso, le nostre lingue danzavano insieme. Un profondo rantolo mi sfuggì dal petto mentre le sue mani cominciavano a vagare sul mio corpo. Erano così calde rispetto a me. Un gemito mi sfuggì dalle labbra. Era da tanto tempo che desideravo questo momento, e faticai a tenere sotto controllo i miei istinti.

Respirai profondamente il suo profumo di pesca e spezie. Era il mio paradiso. Le morsi leggermente il labbro inferiore, ottenendo un piccolo gemito da parte sua. La sua voce era una musica dolcissima per le mie orecchie. Un fuoco si accese dentro di me quando le mie dita sfiorarono la sua pelle morbida.

Mi misi sopra di lei e cominciai a toglierle i vestiti, baciando ogni centimetro del suo corpo. I suoi gemiti erano la mia guida per capire esattamente dove e come toccarla. Il profumo della sua eccitazione mi stava facendo venire duro.

“Hm... Blake”, gemette sensualmente mentre strofinavo un dito sul suo clitoride.

La baciai mentre proseguivo i miei sforzi, portandola oltre il limite, con le gambe che le tremavano. Era lo spettacolo più bello in assoluto, vedere la donna che amavo sbocciare sotto il mio tocco.

“Ti prego, prendimi”, mi implorò.

Sorrisi; non avrebbe dovuto chiedermelo due volte. Mi spogliai. Mi stava divorando con gli occhi e non vedevo l'ora di darle quello che voleva.

Era bagnata dall'orgasmo precedente. Mi allineai a lei e cominciai a spingere dentro di lei. Non riuscii a trattenere un gemito perché era così stretta e calda intorno a me.

Il mio istinto presto si impadronì di me, spingendomi a farla mia.

Leccai la pelle del suo collo e le mie zanne crebbero. Potevo facilmente sentire il suo sangue pulsare nelle vene. Si inarcò e mi conficcò le unghie nella schiena mentre la mordevo. Persi il controllo del mio corpo nel momento in cui il suo sangue colpì la mia lingua. Era il nettare più dolce e perfetto che avessi mai bevuto. I suoi gemiti si intensificarono e urlò "Sì!" mentre bevevo il suo sangue.

Potevo sentire il suo piacere, dentro e fuori. Stavo annegando in un oceano di beatitudine. Ero perso in lei e non volevo più tornare indietro.

Spinsi più forte e presto sentii le sue pareti pulsare intorno a me. Le strinsi i fianchi mentre spingevo un paio di volte più a fondo, tremando mentre venivo a mia volta. Lentamente tolsi le zanne dal suo collo, lasciando che la mia lingua indugiasse sul punto per curare la ferita.

Quando finalmente la guardai negli occhi, riuscii a vederci il mio futuro. Sorrideva come non l'avevo mai vista fare. Il gioiello sul suo petto brillava e pulsava.

"Blake, è stato... fantastico!", mi sussurrò.

Non potei fare a meno di sentirmi orgoglioso delle sue parole.

"Eshenesra, tu sei l'unica per me. Sei il mio paradiso, il fuoco che illumina la mia anima. Io ci sarò sempre per te".

Lei sorrise. "Lo so. Ho sentito tutto quando mi hai morso".

Ero contento che fosse riuscita a sentirlo.

"Allora significa che il legame funziona".

Indicò il gioiello, che ancora pulsava, incastonato nel suo petto.

"Posso sentirti dentro di me, qui".

Sorrisi e misi la mano sul suo gioiello pulsante. Lo sentivo caldo al tatto.

"È un bene. Così non ti sentirai mai più sola".

Quando l'avevo morsa attraverso il nostro legame, avevo sentito tutta la sua tristezza e le sue preoccupazioni passate. Avevo visto quanto si era sentita sola. Quanto fosse vulnerabile quando veniva picchiata. Ero felice di sapere che non si sarebbe più sentita così. Avrei fatto in modo di riempire di gioia i suoi giorni il più possibile.

"Ti amo", sussurrò Eshenesra nella mia mente.

I suoi occhi si allargarono per la consapevolezza di aver parlato nella mia mente.

"Il nostro legame non potrà che rafforzarsi con il tempo", sussurrai di nuovo nella sua mente.

Baciai le sue dolci labbra un'altra volta. Non potevo credere a quanto fosse preziosa questa donna per me.

Mormorai dolcemente: "Ti amo, mio dolce angelo".

Si accoccolò tra le mie braccia, il suo respiro caldo mi sfiorava il petto mentre ci addormentavamo.

*********** POV: Kate ***********

Proprio mentre stavamo camminando verso il castello, udimmo un grande fruscio. I soldati si fecero coraggio mentre un portale si apriva nel nulla nel cortile del castello. Dal portale uscirono Arius, Elashor e un elfo vestito con una tunica da mago.

"Arius? Elashor? Cosa ci fate qui?" domandai incredula.

"Hai attivato l'antica magia del castello. Sapevo che avevi bisogno di aiuto", affermò Arius.

Damien sorrise. "Sapevo di poter contare su di te, fratello".

I due si abbracciarono. Arius ci presentò il mago.

"Damien, Kate, vi presento Iain. È l'alto mago della gilda magica".

Rimasi sbalordita dalle sue parole. "Vuoi dire....?"

Annuì. "Esatto. È lui che ha addestrato Bianca".

Mia sorella! Quanto mi mancava. Mi sembrava di non vederla da una vita.

"Dimmi, come sta?"

Iain aveva un sorriso misterioso mentre rispondeva: "È pronta".

Questo significava solo che probabilmente stava andando a combattere Eurynomos. O forse era già lì. Mi si formò un nodo allo stomaco al pensiero di mia sorella che combatteva contro quel demone.

Sapevo che era la figlia della Dea della Luna. Sapevo che era forte. Ma avevo comunque paura.

Arius aveva un'espressione inquieta.

"Abbiamo anche... avuto un incontro... con Will".

"Un incontro? In che senso?" Chiesi.

Elashor lo guardò per un attimo prima di parlare ancora.

"Lui... si è schierato dalla parte del demone".

Aspetta, cosa ha fatto? Ho sentito bene? Non può essere! "Non può essere! Il demone ha ucciso la sua compagna! È impossibile".

Elashor annuì tristemente.

Arius rispose: "Abbiamo combattuto contro di lui. È molto potente ora che si è alleato con il demone. Ci ha ferito gravemente. Siamo stati salvati dalle pozioni della gilda magica".

Caddi in ginocchio, con le lacrime che mi scendevano sulle guance. Il mio mondo andò in frantumi. Come aveva potuto mio fratello legarsi a un demone così terribile? Soprattutto quello che aveva ucciso la sua compagna? Tutto questo non aveva senso!

Damien mi attirò tra le sue braccia. Avvolta dal suo amore, lasciai scorrere le lacrime. Non potevo credere a quello che aveva fatto mio fratello. Eppure, era vero.

Will era così forte come Alfa. Non potevo nemmeno immaginare quanto fosse forte ora che si era unito a Eurynomos.

Sussurrai a Damien: "Pensi che ce la faranno?"

I suoi occhi grigi si fissarono nei miei.

"Bianca e Steven? Certo che ce la faranno! Non dimenticare che anche Blake e Zach sono lì con loro".

Arius aggiunse: "Anche Eshenesra".

Ci girammo tutti verso di lui. Damien chiese: "Eshenesra?"

Arius annuì e sorrise. "Sì. È la compagna di Blake. Beh, lui non l'ha detto, ma si vede".

Quindi erano in cinque... ma ero ancora preoccupata che Will fosse più forte di loro.

"Penso che dovremmo mandare a loro dei draghi".

Mi guardarono tutti.

Continuai: "Credo che ne abbiano più bisogno loro che noi. Saranno utili per combattere contro il demone".

Damien mi posò un morbido bacio sulle labbra, infiammando il mio cuore.

"Come desideri, mia saggia regina".

Sorrisi e ricambiai il bacio. Lui era la mia forza, la mia sicurezza. Lo amavo con tutta me stessa.

Mi diressi verso i draghi. Ladon sollevò una delle sue teste, fissandomi mentre mi avvicinavo. Non sapevo come parlare a un drago.

Non ero sicura che mi avrebbe capito. La mia lupa cominciò ad agitarsi dentro di me e sentii che stava cercando di parlare al drago.

Con dolcezza, sussurrai: "Ti prego, devi andare a raggiungere Bianca e gli altri. Devi aiutarli a combattere il demone".

Ci fu un attimo di esitazione. Sentivo la mia lupa che parlava con il drago. Lo capivo chiaramente. Will era l'Alfa di Ladon. Voleva obbedire a Will e a nessun altro. La mia lupa gli spiegò che Will si era schierato con il demone. Non era più il suo padrone. Avevamo bisogno del suo aiuto se volevamo cercare di salvare mio fratello dal demone. Dopo un attimo, Ladon sembrò accettare la mia richiesta.

Si alzò e ringhiò forte agli altri draghi. Tutti si alzarono e ringhiarono in risposta al loro capo. Ladon si girò verso di me e annuì. Insieme, volarono verso il cielo e iniziarono a dirigersi verso nord est. Non avevo idea di come potessero sapere dove trovare Bianca. Speravo solo che l'istinto o la magia li guidassero.

Quando raggiunsi gli altri, stavano parlando animatamente. Damien stava dando ordini ai soldati nel cortile.

"Cosa sta succedendo?" chiesi loro.

Damien sorrise.

"Beh, dobbiamo ancora occuparci di questa torre, prima che la protezione del castello si esaurisca".

Giusto, me ne ero quasi dimenticata. Proprio quando stavo per rispondere, le mie gambe si indebolirono. Stavo per cadere a terra, ma Damien mi sollevò in fretta. Mi prese tra le sue forti braccia e mi strinse amorevolmente.

"Stai bene, mio piccola lupacchiotta?"

La sua voce era piena di preoccupazione.

"Sì, sono solo stanca, credo. E affamata".

"Beh, allora forse dovresti restare al castello mentre ci occupiamo della torre".

Protestai: "Cosa? Non è possibile! Voglio venire con voi!"

Elashor mi sorrise. "So che vuoi venire. Ma forse dovresti riposare?"

Mi accigliai, mentre ero ancora tra le braccia di Damien.

"Se un'altra ondata ci colpisse, restare al castello sarebbe pericoloso quanto andare alla torre. Inoltre, non voglio restare qui da sola".

Damien mi studiò. Mi feci strada nella sua mente: "Sai che non mi tirerò indietro".

Lui sospirò e rispose attraverso il nostro legame: "Lo so, ma sono preoccupato per te, mia piccola lupacchiotta".

"Starò bene", risposi ad alta voce.

Damien si prese un attimo di tempo, poi rispose: "Va bene, ma non prima di aver mangiato e non prima di aver preso una pozione di resistenza da Elwin".
Annuii. Probabilmente una pozione di resistenza era la cosa migliore.
Entrammo tutti nel castello e mangiammo un pasto abbondante. Non mi ero resa conto di quanta fame avessi. Essere incinta mi faceva mangiare molto più del solito. Una volta mangiato mi sentii meglio.

"Prendiamo una pozione di resistenza", disse Arius. Quando arrivammo nel cortile, trovammo Elwin e Ravynne che si tenevano amorevolmente per mano. Era dolce vedere il loro amore sbocciare.
"Beh, che ne sai tu?", disse Arius. "Non ho mai visto il vecchio stregone così felice. È bello per loro!"

Ci avvicinammo a loro. "Elwin", iniziò Damien. "Abbiamo bisogno di pozioni di resistenza. Una particolarmente forte per Kate".

Elwin chinò il capo verso Damien. "Certo, mio signore".

Lo seguimmo nel castello, nel suo laboratorio. Frugò nei suoi forzieri e prese alcune fiale viola. Una di esse era più scura delle altre.

"Ecco a voi". Passò le pozioni a Damien. Poi mi porse quella più scura.

"Questa è per voi, mia regina".

Iain prese una delle pozioni e la studiò con attenzione.

"Davvero notevole, amico mio", commentò.

Elwin sorrise. "Forse dovremmo invitare più spesso i maghi al castello. Sono gli unici che apprezzano davvero il mio lavoro".

Damien rise al suo commento. "Andiamo, amico mio. Credi davvero che non apprezziamo il tuo lavoro?"

Elwin sorrise. "No, certo che no. Stavo solo scherzando".

Damien sorrise. "Sei libero di invitare i maghi al castello come vuoi. Assicurati solo di dirlo a me o a Kate, in modo che ne siamo al corrente".

Elwin chinò il capo. "Grazie, mio signore".

Tutti bevvero le loro pozioni. Io tolsi il coperchio dalla mia. Odorava di vino invecchiato. Ma sapevo che non conteneva alcol. La bevvi in un sorso. Dovetti trattenermi dallo sputarla. Aveva un sapore terribile! Come il vino rosso caldo lasciato sul bancone tutto il giorno. Ma sapevo che era per il mio bene e la ingoiai tutta.

Fissai i presenti. Avevamo tutti la stessa espressione. Ringraziammo Elwin per le pozioni, ma non dicemmo nulla sul loro sapore. Elashor parlò solo quando uscimmo dal laboratorio, esclamando: "Beh... che cosa orrenda!"

Tutti ridemmo del suo commento. Non avevamo bisogno che dicesse altro. Sapevamo cosa intendeva.

Capitolo 13 (Kate)

L'esercito oscuro

Tornammo nel cortile. Lilith stava istruendo le truppe.

"Lilith!" chiamò Damien.

Si avvicinò a noi. "Sì, mio Signore".

"Stiamo partendo per occuparci della torre a est. Ti prego, proteggi il castello".

Si mise una mano sul cuore. "Non vi deluderò".

Damien sorrise. "So che non lo farai".

Ci girammo tutti all'improvviso, mentre un vecchio vampiro atterrava proprio accanto a noi. Lilith estrasse la spada, ma Damien le fece cenno di non farlo.

Guardò il vampiro e chiese: "Non sei uno dei miei sudditi. Chi sei?"

Fui sollevato quando il vampiro chinò il capo, riconoscendo il rango di Damien.

"Vi prego di scusare la mia intrusione. Sono stato chiamato qui da Caino".

Damien alzò le sopracciglia. "Caino?"

Un uomo ingombrante venne verso di noi, sorridendo.

"Vlad! Ce l'hai fatta!"

Il vampiro sorrise al licantropo.

"Certo, sono venuto appena ho ricevuto il tuo messaggio".

Li guardai, confuso. "Uno di voi due mi spiega cosa sta succedendo?"

"Certo, Vostra Maestà", rispose il licantropo. "Io e Zarek eravamo laggiù. Stavamo parlando e ho pensato che avremmo avuto bisogno di altro aiuto. Così ho mandato un messaggio a Vlad e gli ho chiesto di aiutarci".

Li guardai. Volevano solo aiutare, e il vampiro aveva l'impressione di essere molto potente.

Mi feci strada nella mente di Damien: "Che ne pensi?"

Rispose: "Finché obbediscono al nostro generale, non mi dispiace avere più persone che aiutano".

Feci un cenno a Cain. "Grazie per aver pensato di farci aiutare dal tuo amico".

Lui sorrise. "È bravo ad aiutare tutti. Lo fa sempre nei gruppi di sostegno".

Non ero sicuro di cosa intendesse per gruppo di sostegno, ma finché aiutava, mi andava bene.

Damien aggiunse: "Mi aspetto che ognuno di voi obbedisca agli ordini del nostro generale Lilith, mentre sono via".

Vlad, Cain, Zarek e tutti i soldati assicurarono che lo avrebbero fatto. Mi sentivo in pace e lasciavo il castello ben sorvegliato.

Quando uscimmo dalla bolla di protezione del castello, migliaia di cadaveri giacevano a terra. Probabilmente erano stati uccisi dall'incantesimo che avevamo attivato prima. Repressi il bisogno di vomitare per l'odore putrido che proveniva dai cadaveri in decomposizione. Nel cielo, la torre stava lanciando attacchi magici contro la bolla di protezione. Emetteva un suono di scariche elettriche e potevo vedere la bolla illuminarsi a ogni colpo. Mi sentii subito più debole che nel castello, ma la pozione di resistenza di Elwin attenuò gli effetti della torre su di me. Damien mi afferrò la mano, intrecciando le sue dita con le mie.

Mentre camminavamo verso est, parlò con voce decisa: "Affrettiamoci a sbarazzarci di questa torre".

*********** POV: Eshenesra ***********

Mi svegliai tra le braccia di Blake. Stava ancora dormendo. Il mio cuore batteva al pensiero di ciò che era successo ieri. Mai in vita mia mi ero sentita così amata. Quando aveva bevuto il mio sangue, avevo visto tutto. Ho visto la sua vita da umano, la sua morte e la sua trasformazione. Ho visto come aveva perso tutti i suoi cari e come si era costruito un guscio. Ma soprattutto, ho sentito quanto mi amava. Mi amava così tanto che il suo guscio si è frantumato quando mi ha incontrato. Ora temeva di perdermi e avrebbe dato la vita per proteggermi. Non avevo dubbi: volevo stare con lui per sempre.

Il suono degli altri che parlavano all'esterno entrò nella nostra tenda. Avremmo dovuto alzarci presto e partire. Il viaggio che ci aspettava mi spaventava. Ma ora eravamo una squadra. Non ero sola. Blake cominciò ad agitarsi nel sonno. Gli sfiorai le dita sul petto. Le sue labbra si incurvarono verso l'alto e aprì gli occhi.

"Buongiorno, mia bellissima compagna", disse dolcemente.

Baciai le sue labbra deliziose, le nostre lingue danzarono insieme. Mi avvolse con le braccia, attirandomi a sé.

"Sei la cosa più deliziosa con cui svegliarsi".

Sorrisi al suo commento. Stavo per rispondere quando un suono proveniente dall'esterno della tenda ci raggiunse.

"Ehi, Steven, prepara la colazione mentre io preparo le mie cose".

Sospirai e sussurrai a Blake: "Credo che dovremmo unirci a loro".

Lui ridacchiò dolcemente: "Sì, credo che tu abbia ragione".

Ci alzammo. Guardai il corpo nudo di Blake mentre si vestiva. Era così perfetto! Avrei potuto ammirarlo per ore.

Lui sorrise. "Dovresti tenere sotto controllo questi pensieri, o non ce ne andremo mai".

Arrossii e mi rivestii in fretta. Mi baciò ancora una volta prima di uscire dalla tenda.

"Buongiorno a tutti e due!" disse Bianca, con un grande sorriso.

"Buongiorno!" risposi, prima di raggiungerla.

Blake iniziò a smontare la nostra tenda. Zach lo raggiunse subito per aiutarlo. In poco tempo, tutte le tende erano pronte. I cavalli avevano del fieno fresco di cui nutrirsi mentre noi facevamo colazione.

Il piano per oggi era chiaro: attraversare il ponte che avevamo visto ieri e cercare di raggiungere il castello dove si nascondeva Will. Sarebbe stato un compito arduo. Oltre i boschi, vedevamo solo pianure e terreni coltivati. Questo significava che ci saremmo trovati allo scoperto. Dovevamo muoverci velocemente e sperare di non attirare troppa attenzione.

La tensione era palpabile mentre ci preparavamo per il viaggio che ci aspettava.

************ POV: Bianca ************

Cavalcammo in silenzio. Avevo tante domande allo stesso tempo. Avremmo raggiunto il castello stanotte? Come avrebbe reagito mio fratello quando mi avrebbe visto? Saremmo riusciti a salvarlo dal demone? Sarei stata in grado di combattere Eurynomos? E se Iain si fosse sbagliato? Se non fossi stata pronta? Pregai la Dea della Luna di essere forte abbastanza e che mi aiutasse.

Gli uccelli volavano sopra di noi mentre attraversavamo la pianura. C'era un silenzio inquietante. L'esercito dei demoni era arrivato e aveva distrutto tutto. Erano rimasti solo pochi uccelli, che stavano in silenzio per paura di attirare gli orchi. L'erba alta ondeggiava nel vento.

Trattenni il fiato quando, di tanto in tanto, qualcosa si muoveva nell'erba sotto la vibrazione degli zoccoli dei cavalli. Per fortuna, si trattava sicuramente di un serpente o di un roditore che fuggiva.

Arrivammo rapidamente a un ampio ponte di legno. Sembrava abbastanza robusto da permetterci di passare tutti. Dall'altra parte c'erano dei campi coltivati. Non c'erano nemici in vista.

"Andiamo in fila indiana. Così il peso sul ponte sarà più uniforme", suggerì Steven.

Tutti annuimmo. Steven fu il primo a passare e io lo seguii. Fissai le acque violente del fiume. Le onde si infrangevano contro le rocce come se l'acqua stessa fosse arrabbiata per gli eventi incombenti. Aspettammo che tutti attraversassero, poi ci addentrammo nei campi. Il territorio non era molto ampio e potevamo già vedere un altro fiume che ci aspettava dall'altra parte.

"Non c'è un ponte", dichiarai.

Studiammo la zona.

"Se andiamo a ovest, alla fine torneremo al branco", commentò Steven.

"È l'opposto della strada che dobbiamo percorrere", aggiunse Blake.

Il che ci lasciava solo l'opzione di andare a est. A est c'era una fattoria, di cui ora rimanevano solo i resti. Probabilmente era stata saccheggiata dall'esercito dei demoni qualche giorno fa.

Ci dirigemmo verso la fattoria, cercando di trovare un modo per attraversare il fiume. Quando arrivammo vicino all'edificio bruciato, notai una piccola casa fatta di rocce e fango. Non aveva nemmeno una porta d'ingresso o delle finestre. C'erano dei buchi per permettere a qualcuno di entrare e uscire dalla casa.

Sussurrai a Steven: "Pensi che qualcuno viva ancora lì dentro?"

"Possibile che qualcuno viva in una casa così fatiscente? Non ha nemmeno dei muri veri e propri".

Proprio mentre passavamo davanti alla casa, ne uscì un'anziana donna. I suoi capelli bianchi erano lunghi fino alla schiena. Le sue dita erano ossute e sembrava che non mangiasse bene da tempo. Aveva qualcosa che non andava, ma non riuscivo a capirlo.

"Oh, salve! Non ricevo molti visitatori qui".

La sua voce era acuta. Sembrava fragile, ma mi faceva comunque rizzare i peli sulla nuca. Sentivo che il lupo di Steven si sentiva a disagio attraverso il nostro legame.

"Piacere di conoscerti", risposi gentilmente.

"Uno di voi giovani potrebbe aiutare un'anziana signora?"

"Certo", rispose Blake scendendo da cavallo. "Cosa posso fare per aiutarla?"

Mentre lo chiedeva, la testa dell'anziana signora si inclinò di lato e i suoi occhi divennero vuoti. Sibilò e saltò addosso a Blake, con le unghie sguainate, cercando di morderlo. Scendemmo da cavallo per cercare di aiutarlo, ma non aveva bisogno del nostro aiuto. Con un'unica grande spinta, riuscì a togliersela di dosso.

"Che diavolo ha che non va?", gridò.

Cercammo di avvicinarci a lei, ma cominciò a parlare in una lingua che non conoscevamo, del sangue nero le fuoriusciva dalla bocca. Mentre lo faceva, un'energia oscura la circondava e la polvere si sollevava dal suolo.

"È stata contaminata dal sangue di demone!" Zach gridò. "Fate attenzione. Potrebbe evocare i morti per combatterci".

Proprio mentre lo diceva, quattro corpi si alzarono dal suolo. Erano stati mutilati e a uno di loro mancava persino un braccio. Ma questo non sembrava ostacolare la loro volontà di combattere.

Il cavallo di Eshenesra nitrì per la paura, rialzandosi sulle zampe posteriori. Eshenesra tirò le redini e riuscì a riportare il cavallo a terra. Tutti i cavalli si stavano agitando mentre i cadaveri cominciavano a camminare verso di loro.

Eshenesra urlò attraverso il caos: "Mi metto un po' più lontano con i cavalli, così non scappano".

Zach iniziò a combattere contro uno dei corpi con i suoi artigli affilati e ad attaccarne un altro con la sua spada levitante preferita. Steven e io ci occupammo ciascuno di un corpo. Nel frattempo, Blake cercava di avanzare attraverso il vento scuro per raggiungere la vecchia signora. Una figura oscura si stava sollevando lentamente dal terreno. Percepivo un'aura di potere in tutto il mio corpo; non poteva essere una buona cosa.

"Non lasciatele terminare il suo incantesimo!" gridai a Blake.

Il corpo animato non era veloce, ma mi sorprese la sua forza. Evocai una fiamma e diedi fuoco a quello che stavo combattendo. Il mio naso si storse all'odore di carne bruciata. Guardai soddisfatto il corpo che bruciava, la carne che diventava nera, prima di cadere a terra. Proprio mentre stavo per bruciare gli altri corpi, quello che avevo appena 'ucciso' si rialzò.

"Non sta funzionando!" gridai agli altri.

"Li uccidi e loro si rialzano!"

Zach rispose: "Sì, l'ho notato! Ho tagliato la testa al mio, ma lui l'ha rimessa a posto. Dobbiamo uccidere la vecchia".

Gridai a Blake: "Terremo i corpi impegnati! Sbrigati!"

E lui rispose: "Ci sto provando!"

Il muro di energia oscura intorno all'uomo era spesso. Blake stava lottando per entrare. La figura oscura era ora più alta e temevo il momento in cui sarebbe stata evocata completamente.

Urlando in agonia, Blake riuscì finalmente a fare breccia nel muro di energia oscura. Saltò sulla vecchia signora, interrompendo il suo incantesimo. Lei si sforzò di togliersi Blake di dosso, ma lui non la lasciò vincere così facilmente. Blake afferrò la spada e la colpì con forza al collo. Gli occhi di lei si spalancarono quando, con un solo colpo, le tagliò la testa e la sua bocca rimase per sempre con un'espressione sorpresa.

Il vento scuro si placò improvvisamente. Un senso di sollievo mi colse quando la figura che era stata evocata scomparve.

Il corpo della vecchia cominciò a bruciare di fiamme nere, consumato dall'oscurità del demone che l'aveva contaminata. Girai la testa quando sentii un rumore di rocce che cadevano. La casa dove viveva la vecchia signora crollò improvvisamente su se stessa e divenne un cumulo di macerie.

Rimanemmo tutti lì, a riprendere fiato.

"Non me l'aspettavo di certo!" esclamò Blake. "Ci penserò due volte prima di aiutare una signora anziana".

Ridemmo tutti del suo commento.

"Non potevi sapere che era posseduta", gli dissi.

"Vero". Fece l'occhiolino.

"Ehi! Guardate là!" gridò Eshenesra.

Ci girammo tutti a guardare ciò che Eshenesra stava indicando. A nord-est, oltre la fattoria bruciata, c'era un ponte. Da esso emanava una strana aura. Era alto e fatto di rocce scure. Alcune di esse fluttuavano nell'aria, come se fossero trattenute da un potere oscuro. Il solo guardare il ponte mi fece rabbrividire. Il ponte saliva su una montagna dove si trovava un castello. Il castello dove risiedeva Will. Il castello era scuro, con alte torri. Sebbene sembrasse abbandonato, potevo vedere delle succubi che vi volavano sopra.

Cominciammo tutti a camminare verso il ponte. Un ringhio riecheggiò nell'aria. Alzai lo sguardo e vidi i draghi che venivano verso di noi.

"Sono tornati!" disse Blake felice.

Ladon volava vicino a Clara, prendendo il comando e proteggendo la sua amata con il corpo. Dopo di loro c'erano gli altri tre draghi.

Chiesi incredula: "Cosa ci fanno qui?"

Blake sorrise. "Immagino siano venuti ad aiutarci".

Zach suggerì: "Forse Ladon vuole salvare il suo padrone".

A quelle parole ero colma di speranza. Sussurrai a me stessa: "Ti salveremo, Will".

Continuammo a dirigerci verso il ponte; i draghi volavano vicino a noi. Insieme, formavamo una squadra forte. Ero fiduciosa più che mai che avremmo salvato mio fratello.

Il ponte era lungo e ripido, ma arrivammo al bordo. Bastava essere vicini al castello per percepire un'energia malvagia. Will era sicuramente lì, dato che il castello era pesantemente protetto. Gargoyle e succubi controllavano il cielo. Davanti al castello c'era un'orda di orchi, centauri e demoni inferiori. I maghi goblin sembravano lanciare incantesimi. Un filo di energia oscura sembrava collegare il castello a una torre sorta a sud-ovest. Un fossato pieno di pali appuntiti costringeva tutti a entrare nel castello attraverso l'unico sentiero roccioso. Una bolla di energia sembrava circondare il castello.

"Che cos'è?" chiese Blake.

Con cautela feci un passo sul sentiero ed entrai nella bolla. Non appena lo feci, sentii che la mia magia veniva svuotata. Presa dal panico, feci un passo indietro.

"Dissipa i poteri magici. Non posso usare la magia all'interno di questa bolla".

Blake imprecò. Zach indicò i goblin. "Probabilmente è stata lanciata da quei maghi".

*********** POV: Eshenesra ***********

"Come faremo a sconfiggerli?" chiese Bianca. "Non posso entrare lì dentro".

"Nemmeno noi", aggiunse Zach. "Sia io che Blake abbiamo la magia".

"Beh, io posso entrare!", intervenne Steven. "Il mio lupo e io non saremo colpiti da questo incantesimo di prosciugamento". Io aggiunsi: "Anch'io. Sono nata senza magia".

Blake mi afferrò le braccia. "Ti prego, non andare. Morirei se ti succedesse qualcosa".

Gli sorrisi. "Stiamo tutti rischiando la vita per fermare questo demone. È naturale che io vi aiuti".

"Non saremo soli", aggiunse Steven. Indicò il cielo. "Anche i draghi saranno con noi".

Blake aveva ancora un'espressione di disagio, ma annuì comunque. Con riluttanza, parlò:

“Va bene, ma mi sentirei meglio se combattessimo tutti insieme”.

“Non preoccuparti”, risposi. “Sono brava negli appostamenti. Se Steven e i draghi distraggono i combattenti, posso facilmente raggiungere i goblin ed eliminarli rapidamente. Voi potrete unirvi al combattimento”.

“Mi sembra un ottimo piano!”, disse Bianca. Tutti noi eravamo d'accordo. Anche i draghi sembravano aver capito.

Steven iniziò ad avanzare verso il castello con i draghi. Io rimasi dietro di loro. Per tutta la vita ero stata abituata a rimanere nell'ombra e a passare inosservata. Oggi, finalmente, mi sarei resa utile. Sentivo un'energia densa e oscura che ci circondava, ma non ne ero influenzata. Aspettai che i primi nemici iniziassero ad attaccare Steven e i draghi. I draghi stavano combattendo sia contro i nemici in aria che contro quelli a terra. Steven era nella sua forma di lupo. Era forte, ma volevo affrettarmi. Temevo che sarebbe stato rapidamente sopraffatto se avessi indugiato.

Restando nell’ombra, raggiunsi facilmente le mura interne del castello. Cinque maghi goblin erano impegnati a lanciare un incantesimo. Erano soli, mentre gli altri combattevano davanti al castello. Tirai fuori il mio pugnale e lo ricoprii con una fiala di veleno che avevo comprato prima al mercato sotterraneo.

Mi avvicinai di soppiatto al primo goblin e gli tagliai la gola con facilità, afferrando il suo corpo in modo che non cadesse a terra. Non urlò e non si mosse. Gli altri goblin erano così concentrati sui loro incantesimi che nemmeno si mossero. Lentamente lasciai cadere il suo corpo sul pavimento, poi rivestii di nuovo la mia lama di veleno.

Mi avvicinai alle spalle del secondo goblin e tagliai la gola anche a lui. Il goblin ebbe il tempo di emettere un leggero grido prima di morire. Il mio cuore cominciò a battere più forte, mentre gli altri goblin aprivano gli occhi e mi notavano. Il corpo morto cadde a terra, mentre io mi diressi rapidamente verso il terzo goblin, conficcando la mia lama nel suo cuore. Il goblin cadde all'indietro sul pavimento e io gli caddi sopra. Continuai a scavare e a girare la lama dentro di lui, colpendo i suoi organi interni.

Gli altri goblin cercavano di staccarmi da lui, graffiandomi la schiena, ma io continuai a colpire finché non si mosse più. Alla fine mi alzai, la schiena mi faceva male per i loro attacchi. Mi urlavano cose in una lingua che non capivo.

Assunsi una posizione di combattimento, notando che l'energia oscura era sparita. Sorrisi. Questo significava che gli altri stavano arrivando per aiutarmi. Proprio mentre mi preparavo ad attaccare i due goblin rimasti, un dolore lancinante mi attraversò la schiena. Artigli affilati si erano conficcati in me e stavano iniziando a sollevarmi verso il cielo. Alzai lo sguardo e vidi una succube che mi sorrideva perfidamente. Volevo scendere, ma presto mi trovai abbastanza in alto nel cielo e sarei stata schiacciata se fossi caduta.

A squarciagola, gridai: "Blake!"

Capitolo 14 (Blake)

La torre

Attraversammo il ponte non appena l'incantesimo fu spezzato. Mi precipitai verso il castello, colpendo i nemici. Intorno a me il sangue si riversava a terra, mescolato a piume e carne. L'urlo dei nemici si mescolava al nostro. Ero carico di adrenalina. La battaglia era il mio elemento; ero nato per combattere. Era ancora più facile ora che ero un vampiro. Un sorso di sangue fresco mi riforniva di energia, dandomi un secondo afflato per uccidere altri nemici.

Alla mia sinistra, Zach uccideva i nemici con i suoi poteri da vampiro e la sua spada levitante. Bianca faceva saltare in aria i nemici con la sua magia. Ero impressionato da quanto fosse migliorata. Per quanto riguarda Steven, la sua pelliccia bianca di lupo era ormai sporca del sangue dei suoi nemici. Continuava a mordere la loro carne e a spezzargli il collo. I draghi stavano decimando i nemici da cima a fondo. I loro cadaveri cadevano come pioggia. Uno di loro quasi mi colpì. Lo evitai all'ultimo momento e il cadavere cadde invece su un orco.

Un urlo risuonò nella mia anima: "Blake!"

Mi voltai a guardare il castello, i miei occhi cercavano la donna che amavo. Seguendo il suo urlo, vidi finalmente una succube che portava la mia dolce Eshenesra in una torre secondaria a destra del castello. Dannazione! Era troppo lontana perché io potessi fare qualcosa.

Attraverso il nostro legame di coppia, le dissi: "Sto arrivando!"

Speravo solo che mi sentisse. Dimenticai il castello e il demone. L'unica cosa che contava era la mia compagna. Dovevo salvarla. Non potevo sopportare di vivere senza di lei. Una seconda ondata di adrenalina mi scorreva nelle vene mentre correvo a salvare la mia compagna.

Uno sciame di nemici mi bloccò il cammino, ma uno dopo l'altro li abbattei. Lentamente mi diressi verso la torre. Da una finestra in cima intravidi la succube che trascinava Eshenesra. Aspettami, amore mio. Sarò lì, te lo prometto.

Non mi ero reso conto di quanto fosse alta la torre finché non ci avvicinammo. Era tutta nera e sembrava fatta di cristallo. La base era larga e ripida, come una scogliera alta almeno quaranta piedi. Due teste di demoni erano scolpite nel cristallo più alto. Il primo aveva corna su tutto il viso e due occhi intagliati nel volto. Il secondo non aveva corna, ma aveva denti grotteschi e appuntiti che spuntavano dalla bocca. I due stavano fissando il suolo e sembravano guardare chiunque osasse avvicinarsi alla torre. La cima della torre era formata da diversi tipi di corna. Alcune erano spirali contorte, altre sembravano spigoli di spada. In totale ce n'erano sei.

Non potevo immaginare che qualcuno avesse costruito una cosa del genere. Solo la magia avrebbe potuto forgiarla. Quando arrivammo alla base, una fitta forza magica riempì l'aria e non potei fare a meno di sentirmi debole, nonostante la pozione di resistenza che mi aveva dato Elwin.

"Voi lo sentite?" chiesi.

Annuirono. "Credo che stia prosciugando la nostra magia", disse Elashor.

"O la nostra forza vitale", aggiunse Iain.

Riflettei un attimo. "Pensi che sia lo stesso tipo di incantesimo che ha costretto mio padre a letto?"

Damien aveva un'espressione pensierosa. "Forse. Non so se sia altrettanto forte, ma potrebbe essere collegato. Dopo tutto, è probabile che la magia provenga da Eurynomos".

“Giusto.” risposi. “Non lo avevo considerato”.

La torre aveva un'apertura scura alla base. “Qualche idea su come distruggere questa cosa?” chiesi mentre ci infilavamo nell'ingresso buio.

“Sono sicuro che lo scopriremo”, rispose Iain. Non ebbe il tempo di dire altro prima che fossimo attaccati dagli orchi.

“Attento!” urlò Damien prima di trascinarmi verso di sé appena in tempo per evitare il colpo di spada. La spada mi fece un buco nella camicia, ma non mi ferì. Guardai con orrore mentre la spada si conficcava nello stomaco di Iain.

“Iain!” urlai.

Damien stava davanti a me, proteggendomi dai colpi. Il mio lupo era inquieto. Voleva uccidere qualche orco.

“Voglio combattere”, insistetti attraverso il nostro legame.

“Non voglio rischiare la tua vita e quella del bambino”. Potevo sentire dal suo tono quanto fosse serio. “Prenditi cura di Iain, invece”, suggerì attraverso il nostro legame.

Arius, Elashor e Damien stavano combattendo contro gli orchi. Cercai di raggiungere Iain attraverso il caos della battaglia, ma non ci riuscii. Continuava ad addentrarsi nel nugolo di nemici. Scagliava fulmini di magia, abbattendo i nemici, ma loro continuavano ad arrivare. Sembrava in preda a una sorta di frenesia. Non sembrava essere lucido. A un certo punto, urlò: “Non mi prenderete mai!” prima di ridere come un matto. Un urlo orribile risuonò mentre estraeva la spada dal suo stomaco. Il sangue sgorgò dalla ferita e si raccolse ai suoi piedi. Un'energia blu iniziò a fluire dal suo corpo, uccidendo tutti gli orchi nelle vicinanze, mentre si apriva la ferita.

Gli altri smisero di combattere e guardarono stupiti questo spettacolo inconcepibile.

Cercai di raggiungerlo, ma Damien mi fermò.

"Iain! Fermati! Dobbiamo curarti!" urlai, cercando di liberarmi dalle braccia di Damien.

Ma Iain sembrava non sentirmi. Continuava a ridere e a scagliare fulmini di energia intorno a sé.

In un istante, i suoi occhi si fissarono nei miei. In questo breve momento di sanità mentale, sussurrò: "Corri!"

Non appena lo disse, il suo sguardo si spense e tornò al suo spettacolo di magia. Gli orchi gli brulicavano intorno.

"Dobbiamo andare!" ordinò Damien.

Arius ed Elashor annuirono, ma io non volevo lasciare Iain.

"Andiamo!" Elashor mi tirò per la mano.

Con riluttanza, li seguii. Corremmo attraverso il corridoio fino a raggiungere una grande stanza alla base della torre. Chiudemmo la porta dietro di noi e mi lasciai cadere a terra.

Le lacrime cominciarono a sgorgare dai miei occhi. Damien si sedette sul pavimento accanto a me e mi cinse la vita con un braccio. Il contatto tra le sue labbra e la mia guancia mi scaldava il cuore.

Parlò dolcemente: "Ehi, mio lupacchiotta. Non piangere".

Io tirai su con il naso. "Ma era nostro amico".

Mi sistemò una ciocca di capelli, accarezzandomi allo stesso tempo la guancia.

"Lo so, ma probabilmente si è sacrificato per noi".

Fissai i suoi occhi grigi.

"Lo pensi davvero?"

Annuì. "Se non è morto a causa degli orchi, allora sarebbe morto comunque per la ferita".

Pensai per un attimo. Aveva ragione. La ferita sarebbe potuta guarire se non avesse esagerato come stava facendo. Ma nel modo in cui l'aveva aperta, non c'era modo di guarirla.

"Hai visto come apriva la ferita? Perché l'avrebbe fatto?"

Ero arrabbiata con Iain. Avremmo potuto salvarlo! Se solo avessi potuto salvarlo. Il senso di colpa si insinuava nel mio cuore e mi divorava dentro.

Damien alzò le spalle.

"Non sembrava avere la testa a posto. Forse il veleno della lama dell'orco?"

Annuii lentamente. "È possibile".

"Forse non era abituato a ricevere colpi e ha perso la testa", suggerì Arius.

Alzai lo sguardo verso di lui. Elashor mi diede la mano, aiutandomi ad alzarmi.

"Era un mago, dopotutto. Loro sono abituati a combattere da lontano, non a trovarsi in una battaglia ravvicinata come quella", suggerì.

Scrollai le spalle. "Credo che non lo sapremo mai".

Mi guardai intorno. Eravamo in una grande sala circolare alla base della torre. Colonne di pietra scura decoravano le pareti. Al centro della stanza, le piastrelle di granito formavano una stella, circondata da un rosone. Al centro di questo disegno c'era un gigantesco cristallo nero, che fluttuava nell'aria. Sembrava che attingesse energia dalla cima della torre e la immagazzinasse nel terreno, o forse la inviasse da qualche parte. Non ero sicura di quale delle due cose.
Feci un passo avanti, ma Damien mi tenne la mano. "Io non mi avvicinerei".
Gli feci un cenno. "Come diavolo facciamo a distruggere questa cosa?"
Damien sorrise e rispose: "Con questo".
Tirò fuori da sotto il cappotto una sfera splendente. Sembrava una palla di sole vivente che fluttuava nella sua mano. Ci avvicinammo tutti a lui, fissando con stupore la sfera di energia.
"Che cos'è?" Elashor sussurrò.
"Me l'ha data Iain prima che lasciassimo il castello. È una bomba magica concentrata".
Fissai Damien scioccata. Iain aveva pianificato fin dall'inizio come distruggere questa torre. Ci stava salvando due volte.

Chiesi: "Pensi che sarà sufficiente per distruggere la torre?"
Damien annuì. "Iain aveva detto che dovrebbe essere abbastanza forte da far saltare in aria gli edifici più solidi. Dobbiamo solo posizionarla alla base della torre. Poi avremo circa dieci minuti per fuggire e allontanarci il più possibile".
"Dieci minuti non sono sufficienti", commentò Arius.

"Lo sono, se non ci sono nemici che ci inseguono", rispose Damien.

I due cominciarono a discutere se saremmo arrivati in tempo o meno.

Io gridai: "È l'unica opzione che abbiamo, comunque! Più restiamo qui, più possibilità ci sono che gli orchi ci inseguano".

Smisero di discutere e mi fissarono.

Damien sorrise. "Hai ragione, come sempre, mia bellissima regina".

Non potei fare a meno di sorridere alle sue parole.

Damien pose la sfera alla base del cristallo, proprio al limite del campo energetico che si stava formando sotto di essa.

Gli chiesi: "Come si attiva?"

Damien sorrise e rispose: "*Magia, diruptio, inducere, incendo!*" Mi sorrise e aggiunse: "Si attiva così".

Immagino che Iain gli abbia insegnato le parole, ma non avevo il tempo di chiederglielo. Avevamo dieci minuti per uscire dalla torre!

"Sbrighiamoci!" gridò Arius prima di uscire dalla stanza con Elashor. Cominciai a correre. Damien mi seguì.

Mi imbattei in Elashor proprio mentre uscivo dalla stanza. Gli orchi erano tornati nel corridoio e mi chiesi da dove venissero, visto che ne avevamo uccisi tanti prima.

Arius grugnì: "Non abbiamo tempo per questo!"

Damien rispose: "Hai ragione, allora non perdiamo tempo".

Prima che potessi chiedergli cosa intendesse, due braccia forti mi sollevarono in aria. Misi le braccia dietro il collo di Damien e gli diedi un bacio sulla guancia mentre volavamo sopra i nemici. Arius ci seguiva con Elashor in braccio. Sotto di noi, gli orchi infuriavano e cercavano di afferrarci, ma eravamo troppo in alto perché potessero raggiungerci. In pochi minuti fummo fuori dalla torre, con ancora qualche minuto a disposizione prima dell'esplosione.
I ragazzi non si fermarono una volta usciti, perché dovevamo allontanarci il più possibile dalla torre. Continuarono a volare finché non sentimmo il rumore del cristallo che si frantumava. Damien mi rimise a terra giusto in tempo per voltarsi e sentire l'onda d'urto dell'esplosione che mi attraversava. Eravamo abbastanza lontani e si trattava solo di un forte vento, ma più vicino alla torre gli alberi persero le foglie.

Damien mi abbracciò da dietro e appoggiò la testa sulla mia spalla mentre guardavamo la torre esplodere. La polvere fu spazzata via dalla base della torre e il cristallo scuro andò in frantumi mentre la sua sommità cominciava a sgretolarsi sul pavimento. Proprio quando la base era quasi distrutta, le teste dei demoni scolpite nella torre caddero di lato e si frantumarono in pezzi quando toccarono il suolo, mentre le corna rimaste in cima alla torre si sbriciolarono un po' più in là nella foresta. Il suono dei vetri in frantumi si mescolava alla rottura del legno e al fruscio delle foglie. Gli uccelli volarono via a causa del rumore dello schianto. Damien mi protesse il corpo dalle schegge e dai detriti.

Quando la polvere si depositò, potemmo vedere che la torre non era altro che un mucchio di macerie. E, cosa ancora più importante, la densa energia che ci stava facendo soccombere era sparita. Non c'erano più attacchi magici al castello.

Tirai un respiro di sollievo. "Sono così felice che sia finita!"

Tutti sorrisero. Arius rispose: "Ora, non resta che Bianca e gli altri fermino Will".

Un nodo mi si formò nello stomaco. "Pensi che ci riusciranno?"

Lui annuì. "Sono sicuro di sì".

Elashor chiese: "Non dovremmo unirci a loro?"

Damien scosse la testa. "Ci vorrebbero giorni per raggiungerli".

Arius annuì. "Sì, e non abbiamo le capacità per aprire un portale che ci conduca lì".

Avrei voluto poterli aiutare, ma dovevo riporre la mia fiducia in mia sorella.

"Bianca, dopo tutto, è la figlia della Dea della Luna. Dovrebbe essere in grado di farlo".

Damien mi abbracciò mentre rispondeva: "Sono sicuro che lo farà".

Arius teneva tra le braccia Elashor, che sembrava più felice di quanto non vedessi da mesi.

"Dovremmo tornare al castello. L'incantesimo di protezione svanirà presto".

Damien aggiunse: "Sì, dopo questo, credo che finalmente potremo goderci un po' di meritato riposo".

Ci eravamo preparati a lungo per questa guerra! Avevamo lavorato instancabilmente per anni. Non vedevo l'ora di riposare finalmente.

Damien mi passò la mano sulla guancia. Mi baciò dolcemente, la sua lingua danzò con la mia. Mi sussurrò: "Vieni, mio piccola lupacchiotta. Trascorriamo insieme il resto della nostra vita e prepariamoci all'arrivo del nostro bambino".

Sorrisi mentre mi accarezzavo la pancia. Ora potevo finalmente concentrarmi sulla cura di me stessa e del bambino.

************ POV: Blake ************

Proprio mentre raggiungevo la torre, la terra tremò. Nel cielo, il filo di energia oscura che collegava il castello alla torre a sud-ovest era scomparso. Pensavo che fosse una buona cosa. Ma a me non importava. Sentivo le urla della mia dolce Eshenesra provenire dalla torre.

Cercai di aprire la porta della torre, ma era chiusa. Spinsi con la spalla con tutta la mia forza, usando tutti i miei poteri vampirici. Il dolore si diffuse, facendomi grugnire, ma continuai a spingere. Al terzo tentativo il legno si scheggiò. I pezzi di legno caddero in aria mentre spingevo un'ultima volta.

Davanti a me c'era una grande sala circolare, piena di succubi. Alla mia destra c'era una scala che abbracciava l'esterno della torre. Era lì che dovevo andare. Potevo sentire le grida Eshenesra provenire dalle scale. Ma le succubi la pensavano diversamente. Cominciarono ad attaccarmi. Ero largamente in inferiorità numerica. E soprattutto, tutto il tempo che passavo a combatterli mi impediva di salvare Eshenesra. Come potevo sapere cosa stesse accadendo al piano di sopra?

Lottai con due di loro, ma le altre cercarono di raggiungermi. Le respinsi con la mia forza vampirica. Poi evocai che un muro si erigesse, intrappolando le succubi nella stanza principale mentre raggiungevo le scale. Non usai i miei poteri vampirici, ma dovevo ammettere che erano piuttosto utili.

Una delle succubi era riuscita a uscire dalla stanza prima che lanciassi l'incantesimo del muro. Con la mia spada le strappai un'ala. Il suo urlo riempì la torre. Cercò di graffiarmi con le unghie e di attaccarmi, ma io la respinsi. Ci volle molta concentrazione per mantenere attivo l'incantesimo del muro mentre combattevo. La succube si lanciò contro di me, cercando di mordermi. La tenevo a distanza. Alla fine, raccolsi le mie forze e le conficcai la spada nel petto, uccidendola.

Un urlo proveniva dalla stanza in cui era tenuta Eshenesra. Corsi su per le scale. Non ebbi bisogno di fermarmi a tutti i piani che passai. Potevo sentire, attraverso il nostro legame, che lei si trovava all'ultimo piano.

La porta della stanza principale dell'ultimo piano non era chiusa a chiave. Un odore putrido riempiva la stanza. Ossa rotte e resti di carne si stagliavano sul pavimento intriso di sangue. Alcune statue di succubi decoravano la stanza, ma la maggior parte di esse era parzialmente distrutta. La mia dolce Eshenesra giaceva svenuta sul pavimento. Accanto a lei si trovava quella che sembrava la regina delle succubi. Era una donna alta con una pelle scura e bronzea. Le sue ali erano più grandi di quelle delle altre succubi, con piume nere al posto di ali di pipistrello. Indossava solo un corsetto di pelle nera, decorato con una croce di bronzo sul davanti. I suoi capelli erano fatti di fuoco, che ardevano attraverso le sue corna di demone. Mi fissava con i suoi occhi fiammeggianti.

Mi sibilò: "Chi osa disturbare il mio pasto?"

Inclinai la testa a sinistra, scrocchiando il collo e roteando le spalle.

"Temo che oggi non mangerai".

La sua risata malvagia riempì la stanza, risuonando attraverso le pareti.

"Pensi davvero di potermi fermare, impudente mortale?"

Sghignazzai. "Oh, sono morto da molto tempo, demone".

Mi studiò per un attimo, poi sorrise quando capì che ero un vampiro. "Bene, allora. Vedremo".

Si lanciò verso di me, ma io le diedi un calcio nel petto, facendola cadere all'indietro contro una statua. La statua andò in pezzi. Lei sibilò con frustrazione e si rialzò, apparentemente non scalfita dal mio colpo.

"Sei dannatamente fastidioso!", sputò con rabbia.

I suoi rossi capelli erano infuocati. Evocò una frusta di fuoco e mi colpì con la fiamma. La sua frusta si avvolse intorno alla mia armatura di cuoio per i polsi. Potevo sentire il calore attraverso la mia pelle.

Attirai dei ghiacci sulla sua frusta di fuoco, spegnendola. Feci lo stesso sulla mia lama e la scagliai contro il demone. Ne uscì una luce bianca, mentre lei contrattaccava con una lama infuocata. I proiettili di fuoco furono proiettati dall'impatto delle nostre spade sul terreno, evitando per poco Eshenesra, e incendiarono i resti dei cadaveri.

Ora che il fuoco era stato appiccato alla stanza, volevo porre fine a questo combattimento più che mai. Eshenesra giaceva ancora svenuta. Non volevo che morisse per asfissia.

Gridai: "È ora che tu muoia!" Mentre roteavo la mia lama ancora e ancora contro il demone.

Dal corpo del demone uscì una fiamma mentre le conficcavo la lama nel petto. La sua pelle di bronzo era così spessa che riuscii a infilare solo la punta. Il demone lottò per estrarre la lama dal suo petto. Sapevo di non poter fallire. La vita della mia compagna dipendeva da questo.

Grugnendo, raccolsi tutta la forza che potevo, riuscendo finalmente a conficcare la spada nel petto del demone che urlò per il dolore.

Sapevo però che non sarebbe bastato per ucciderla.

Mentre il demone lottava per rimuovere la mia lama dal suo petto, sollevai il corpo di Eshenesra dal pavimento. Velocemente, volai attraverso la finestra, stringendo il suo corpo al mio. Stavo consegnando la mia spada al demone. Era la spada che portavo con me da quando ero stato trasformato in vampiro. L'ultimo residuo della mia vita umana. Ma non aveva importanza. Non ne avevo più bisogno. Ero pronto a lasciar andare via la vita che avevo un tempo. Tutto ciò che contava ora era la donna che tenevo tra le braccia. Con lei avrei costruito un nuovo futuro pieno di speranze.

Eshenesra cominciò ad agitarsi mentre volavamo. Lentamente aprì gli occhi e mi fissò.

"Blake?", sussurrò. "Dove... siamo...?"

Mi strinsi a lei. "Stiamo andando a casa, amore mio. Mi assicurerò che tu sia guarita e poi ti mostrerò quanto è bello il castello dei vampiri".

Si guardò intorno, afferrandomi le spalle quando si rese conto che eravamo in volo. "Che cosa è successo? E Bianca? E Eurynomos?"

La zittii dolcemente. "È tutto a posto. Bianca e gli altri stanno combattendo. Arriveranno a Eurynomos".

Lei protestò: "Non credi che dovremmo aiutarli?"

Mi accigliai. "Sei quasi morta per rompere l'incantesimo e farli entrare nel castello. Hai dato abbastanza. È ora che mi prenda cura di te".

"Ma...".

"Basta! Sei rimasta priva di sensi per non so quanto tempo! Ti ho quasi perso!"

Mi fissò. Il cuore mi si stringeva nel petto.

Aggiunsi, con voce tremante: "Non capisci quanta paura avevo di perderti?"

Le lacrime mi scesero sulle guance. Non potevo crederci nemmeno io. Non avevo pianto una sola volta dalla morte di mia madre vampiro. Non avrei mai pensato di riuscire a piangere, mai più.

Ma il pensiero di perdere la mia compagna era insopportabile.

La mano calda di Eshenesra mi asciugò dolcemente le lacrime dal viso.

Lei sorrise con calore, sussurrando: "Hai ragione, non credo di poter combattere in questo momento. Ho bisogno di riposare. Ti prego, amore mio, non vedo l'ora di vedere la mia nuova casa".

Le depositai un morbido bacio sulle labbra, con il cuore che batteva per le sue parole. Per la prima volta dopo secoli, mi sentii felice e sereno mentre volavo verso casa, con in braccio la donna più importante che fosse mai esistita.

Capitolo 15 (Bianca)

Riuniti

Intorno a me regnava il caos più assoluto. Il suono dei crani che si rompevano e delle urla mi riempiva le orecchie. Ero stupita dalla facilità con cui riuscivo a sbarazzarmi dei nemici. I draghi erano molto efficaci nell'eliminare succubi e gargoyle. Zach combatteva contemporaneamente con la sua spada levitante e con i suoi poteri vampirici. Potevo individuare il lupo di Steven che squarciava i nemici. I warkot di Kõrvits volavano in aria, scagliando frecce contro i nemici a terra. Lentamente ci dirigemmo verso il castello. Non riuscivo più a vedere Blake. L'ultima cosa che sentii fu un urlo di Eshenesra, poi lui era scomparso. Mi concentrai sui miei obiettivi principali: salvare mio fratello e fermare il demone.

Quando arrivammo alle porte del castello, fissai Zach e Steven. Nei loro occhi c'era la mia stessa determinazione. Aprimmo la pesante porta mentre fuori i draghi continuavano a combattere i nemici.

Il castello era buio e deserto. Il corridoio era illuminato dalle fiamme. Il rumore dei nostri passi riecheggiava mentre attraversavamo il corridoio. Arrivammo presto nella sala del trono, ma non c'era nessuno. Un piedistallo di pietra sembrava contenere uno strano portale. All'interno riconobbi il luogo in cui la mia anima era stata tenuta prigioniera per qualche tempo: gli Inferi.

Tutte le stanze che attraversammo erano vuote. Sapevo che Will era da qualche parte all'interno del castello. Continuammo a camminare. Presto l'aria cominciò a essere più fredda. Una sottile nebbia mi sfuggiva dalla bocca mentre respiravo. Il lupo di Steven si avvicinò a me per evitare che avessi troppo freddo. Sentivo dei sussurri intorno a noi, provenienti da ogni dove e da nessun luogo allo stesso tempo. Riuscivo a distinguere alcune parole in questo caos di sussurri: "Salvala", 'Traditore', 'Assassino', 'Esci', 'Corri!'.

Guardai dappertutto, ma non riuscivo a vedere nulla. I sussurri si fecero più forti quando ci avvicinammo a una stanza. Sentii un debole singhiozzo di donna provenire dall'interno. Sulla porta di questa stanza si erano formati cristalli di neve e di ghiaccio. Tutti i sussurri divennero una grande confusione di urla quando misi la mano sulla maniglia ghiacciata. Tutti i suoni divennero improvvisamente silenziosi mentre spingevo la porta per aprirla.

La stanza era gelida, ma nonostante il gelo si vedeva che era arredata in modo splendido. Una stanza adatta a una regina, pensai.

I miei occhi si posarono sul letto, dove giaceva il corpo di una donna. Era bellissima, con la pelle ancora rosea nonostante il cuore non battesse più. Anche se non l'avevo mai vista, sapevo per certo che si trattava di Leila. Se non fosse stato per le sue labbra bluastre, si sarebbe potuto pensare che stesse solo dormendo.

Rimasi a bocca aperta quando vidi mio fratello accanto a lei, che le teneva la mano. O... quello che era mio fratello. Il lupo di Steven ringhiò e Zach assunse una posizione di combattimento. Lo guardai, disgustata da come la pelle di mio fratello fosse ormai nera e screpolata come lava secca. Alzò lentamente la testa e ci fissò. I suoi occhi blu erano ora neri come la pece. Il mio cuore affondò quando mi resi conto che non era più mio fratello. Mi trovavo di fronte a Eurynomos.

Il demone sorrise quando ci vide. Potevo sentire il suo disprezzo mentre parlava: "Allora... finalmente siete arrivati. Ce ne avete messo di tempo".

Questa voce non apparteneva a mio fratello. Era una voce rotta, profonda e dura.

Gli gridai contro, riempiendomi di rabbia: "Che cosa hai fatto a mio fratello?"

La sua risata riempì la stanza. I brividi mi corsero lungo la schiena.

Sputò con odio: "Oh, ma tuo fratello è venuto da me volontariamente. Vedi, sei arrivata troppo tardi".

Cercavo di sembrare forte, ma la mia voce tremava: "Non può essere vero!"

Il demone sorrise. "Eppure, eccoci qui".

Mandò un vento di energia verso di me, facendomi inginocchiare contro la mia volontà.

Mi guardò con disgusto. "Dovresti imparare le buone maniere e inchinarti davanti al tuo sovrano".

Tenni la testa indietro e risputai con rabbia: "Non mi inchinerò mai a te".

Gli chiesi: "Cosa le hai fatto?"

Riportò per un attimo l'attenzione sul cadavere di Leila, poi si voltò verso di me.

"Lei? Oh, ho lavato via il sangue dal suo corpo e l'ho messa a letto".

Sghignazzai al demone. "Sai benissimo che non è quello che ti sto chiedendo".

I suoi occhi scintillarono mentre rispondeva: "Non ho fatto altro a questa strega morta".

"Allora perché l'hai portata in questo castello?"

"Oh, non l'ho portata io qui. È stato Will. Quel povero pazzo voleva così tanto farla rivivere che ha accettato di diventare il mio tramite. È un peccato che io non abbia mai avuto l'intenzione di rianimare la puttana".

Mentre pronunciava queste parole, qualcosa si mosse dentro di lui e dalla sua bocca uscirono parole rabbiose con la voce di mio fratello: "Bastardo! Mi hai mentito!"

Gli occhi del demone si illuminarono mentre urlava: "Stai zitto!"

Una forza si diffuse nel corpo del demone e mio fratello scomparve così come era apparso.

Urlai: "Bastardo! Liberalo!"

Il demone mi guardò ridacchiando. Altri demoni si riversarono nel corridoio all'ingresso della stanza, cercando di raggiungerci.

Steven mi guidò nella mente: "Lascia che lo prenda io".

Come figlia della Dea della Luna, era mio dovere occuparmi di lui.

Ordinai: "Zach, Steven, occupatevi degli altri demoni. Eurynomos è mio".

Mi fecero un cenno e iniziarono a combattere i demoni inferiori, respingendoli nel corridoio.

Rimasi solo con Eurynomos. Lui si fece schioccare il collo e avanzò di un passo verso di me.

"È da molto tempo che aspetto questo scontro, puttana. È ora di ripagarti per avermi imprigionato per secoli".

Sapevo che stava parlando alla Dea della Luna. Non mi interessava replicare. Si lanciò contro di me, volando nell'aria. Sussultai per il dolore quando la sua spalla mi colpì in pieno petto. Mi lanciai in aria finché la mia schiena non sbatté contro il muro, facendo cadere l'intonaco sul pavimento. Era più veloce di quanto avessi previsto.

Mi rialzai. In un batter d'occhio mi fu accanto e mi sferrò un montante dritto alla mascella. I suoi occhi scintillarono di gioia mentre mi guardava volare verso il soffitto prima di atterrare sullo stomaco. Ingoiai la bile che mi saliva in bocca.

Una risata agghiacciante riempì l'aria. "È tutto quello che sai fare? Non avrei mai pensato che fosse così facile".

Mi rialzai, trasalendo per il dolore. Mi concentrai sulla mia magia e scagliai un lampo di luce verso Eurynomos. Lui lo evitò facilmente, ma la luce lasciò una macchia nera sul muro dietro di lui. Mi voltai appena in tempo per ricevere un colpo diretto al viso.

La disperazione mi pervase. Dovevo trovare un modo per rallentarlo. Il rumore della battaglia che infuriava fuori dalla stanza riempiva l'aria. Steven e Zach erano ancora impegnati. Non potevo contare sul loro aiuto. La forza mi riempì quando ricordai che ero la figlia della Dea della Luna. Eurynomos mi sferrò un calcio nello stomaco. La polvere si sollevò nell'aria mentre atterravo su una vecchia scrivania, il cui legno si incrinò per il peso del mio corpo. Non ebbi nemmeno il tempo di alzarmi che lui si mise a cavalcioni su di me, colpendomi ancora e ancora. Mi faceva male e mi girava la testa. Se non avessi fatto nulla, mi avrebbe uccisa.

Raccolsi le mie forze e lo respinsi. Mi rialzai e sputai sangue sul pavimento.

Eurynomos mi guardò con disprezzo. "Dov'è ora la tua amata Dea? Che codarda! Si nasconde dietro una comune mortale".

La mia voce tremava mio malgrado. "La Dea è dentro di me".

"Ti sbagli! Ti ha abbandonato".

"È mia madre. Non mi abbandonerà mai".

Il demone sputò sul pavimento. "Non vedi? Ti ha portato qui, perché io potessi ucciderti".

A quelle parole la rabbia mi salì al petto. Sapevo che si sbagliava. La Dea della Luna non avrebbe mai fatto una cosa del genere.

Gli ringhiai contro: "La tua anima è dannata".

Il demone grugnì: "È ora di morire, puttana".

Si preparò a lanciarsi di nuovo contro di me, ma mi ricordai del veleno che mi avevano dato Eshenesra e Blake. Avevo rivestito il mio pugnale con esso. Gli lanciai il pugnale, sperando che lo colpisse. Non si mosse né cercò di evitarlo. Il pugnale gli si conficcò nella spalla. Rise mentre toglieva il pugnale e lo lasciava cadere a terra.

"Dovrai fare meglio di così".

Si lanciò di nuovo verso di me, ma questa volta riuscii a evitarlo. Cercò di darmi un calcio, ma io saltai in aria e lo scansai.

Eurynomos ruggì di rabbia. Il veleno lo stava indebolendo, rallentandolo. Era proprio quello di cui avevo bisogno.

Si lanciò di nuovo contro di me, ma io evitai l'attacco e lo colpii in faccia. Mi colpì allo stomaco. Gli mandai un fulmine, ma lui lo schivò, balzò in aria e volò verso il muro retrostante, tornando con un calcio a tutta forza sul mio viso. L'impatto mi stordì, ma continuai nella lotta. Lo colpii in faccia un paio di volte con pugni, infondendovi un po' della magia della Dea in modo che colpissero più forte. Eurynomos indietreggiò.

Mi concentrai come mi aveva insegnato Iain e, mentre lo facevo, vidi i fili del tempo materializzarsi intorno a noi. Il mio cuore batteva forte mentre afferravo il potere che la Dea della Luna mi stava donando. Muovermi attraverso i fili del tempo mi permetteva di muovermi più velocemente di Eurynomos. All'improvviso, riuscii a riapparire dietro di lui prima ancora che si muovesse, sferrandogli un colpo dopo l'altro alla testa. Sul suo volto si leggeva l'incredulità, mentre continuavo a colpirlo nonostante i suoi sforzi. Con un'unica grande esplosione di magia, lo feci volare attraverso la stanza. Atterrò su una statua che era posizionata sul muro, mandandola in frantumi per l'impatto.

Feci qualche passo verso di lui. Era steso a terra, stordito. I suoi occhi si concentrarono su di me e per un attimo le sue iridi nere furono sostituite da quelle profondo blu di mio fratello.

Mi sussurrò: "Aiutami!"

Il mio cuore ebbe un sussulto e gridai: "Will!"

Alzò la mano scura e screpolata verso di me. Le sue labbra tremavano. "Ti prego... uccidimi".

Il mio cuore andò in frantumi alle sue parole. "No! Will, non posso!"

Le sue labbra si arricciarono. "Sei forte, mia cara sorella. Ti prego, fallo".

La sua voce era solo un mormorio. Le lacrime mi scesero sulle guance. Mio fratello, che amavo così tanto, mi stava chiedendo di ucciderlo. Non sapevo se fossi in grado di farlo.

Digrignai i denti e strinsi i pugni mentre una risata cupa riempiva la stanza.

"Stai piangendo per me?"

La sua voce era scura e gli occhi azzurri di mio fratello erano scomparsi. Fissai il demone attraverso i miei occhi lacrimosi. La rabbia mi riempì quando capii che mio fratello era intrappolato nel suo stesso corpo, alla mercé di Eurynomos. Per quanto mi addolorasse, sapevo cosa dovevo fare.

Eurynomos mi colpì, ma io parai ogni suo colpo. Mentre combattevamo, la rabbia saliva dentro di me e, mentre lo faceva, sentivo un potere che mi riempiva. A un certo punto, fui colmata da questo potere. In un unico grande sfogo, rilasciai questa energia su di lui. Era una forza pura e proveniva dal profondo della mia anima. Eurynomos cadde a terra, colpito dall'ira della Dea. Respirava pesantemente mentre giaceva a terra.
Afferrai una spada che giaceva sul pavimento lì vicino e mi misi a cavalcioni sul suo corpo.
Mi fissò con i suoi occhi senz'anima. "Di certo non faresti del male a tuo fratello, vero?"
Risposi con severità: "Mio fratello è già morto".
Affondai la spada nel suo cuore, facendovi passare l'energia della Dea. Una luce bianca emanò dalla spada, squarciando la sua pelle. Un grido di agonia riempì la stanza mentre il suo corpo veniva lentamente lacerato dall'energia della Dea. Dopo qualche secondo, l'urlo si spense e il demone era morto. Feci un passo indietro mentre l'energia bianca si diffondeva nella stanza, intorno al suo corpo.

Nello stesso momento, Zach e Steven rientrarono nella stanza, avendo finalmente eliminato i demoni inferiori. Steven tornò alla sua forma umana e mi avvolse tra le sue braccia.

Guardammo con stupore i resti del corpo del demone che si agitavano sul pavimento.

Una voce di donna risuonò intorno a noi: "È ora che torniate al vostro posto".

Una nebbia scura sembrò essere risucchiata nel vuoto. Una luce bianca e brillante apparve accanto a noi e si modellò nella forma di una bella donna. I suoi capelli erano biondi, quasi bianchi, e l'aria brillava della luce della sua corona d'oro.

Mi sorrise. "Hai fatto bene, figlia mia".

Allargò le braccia e io corsi nel suo abbraccio. Un'ondata di emozioni mi investì. Cominciai a piangere, ma non ero sicura del perché. Avevo appena ucciso mio fratello e un demone. Avevo finalmente incontrato la Dea che avrebbe dovuto essere mia madre. Ero sopraffatta e lasciai che tutto fluisse.

Lei mi sfiorò dolcemente i capelli.

"Calmati, bambina mia. È tutto a posto. È finita".

Fissò il cadavere di quello che un tempo era stato mio fratello. "Che peccato", esordì dolcemente. "Aveva fatto così bene ad aiutarti. Il destino è stato ingiusto con lui".

Alzò la mano verso il corpo di Will e ne trasse energia. Un forte vento riempì la stanza. Una sagoma cominciò a emergere dal corpo e per un po' mi chiesi se fosse Will che tornava in vita. Due enormi ali nere e rosse spuntarono dalla sua schiena mentre l'uomo si sollevava dal corpo morto. I suoi capelli, un tempo neri, erano ora di un bianco radioso. Due corna nere gli ornavano la testa, a ricordo del suo patto con il demone. Un'armatura nera copriva la maggior parte del suo corpo e brandiva due pesanti spade. Ma da lui emanava un'energia bianca e incontaminata e i suoi occhi erano blu puro. Era in piedi, potente e incontaminato. Aprì le ali e mi resi conto che ne aveva tre. Due erano nere, l'altra era bianca. Si girò verso di me e sorrise.

"Ce l'hai fatta, sorella mia".

Corsi tra le sue braccia. "Will!"

Le lacrime scorrevano sul mio viso. Mi abbracciò forte e mi baciò la testa.

Sussurrò: "Grazie".

Feci un passo indietro mentre la Dea della Luna gli mormorò:

"Ti ho dato la vita eterna. Il tuo compito sarà ora quello di sorvegliare Eurynomos e di assicurarti che rimanga segregato, in modo che una cosa del genere non possa mai più accadere".

Will chinò il capo. "Come desideri, mia Dea".

Poi sorrise e aggiunse: "Ma non sarai solo".

Una luce bianca brillò accanto alla dea. Una donna apparve nella stanza. La sua pelle era fulva e i suoi occhi erano di un marrone intenso. Indossava un abito bianco decorato con fili d'oro. Aveva un paio di ali bianche e dorate e portava uno scettro d'oro. Gli occhi di Will brillarono quando la vide, e la sua bocca si spalancò per la sorpresa.

Lei corse tra le sue braccia. Lui l'abbracciò, sollevandola in aria, mentre le loro bocche si univano. Le lacrime scendevano sulle loro guance mentre si baciavano. Quando finalmente si staccarono, lui le sussurrò: "Non posso credere che tu sia finalmente di nuovo tra le mie braccia".

La Dea della Luna sorrise. "Insieme, veglierete affinché Eurynomos rimanga segregato per l'eternità".

Entrambi annuirono alla Dea. Lei aprì un portale per loro. Will intrecciò le dita con Leila, guardandola come se fosse il tesoro più amato del mondo.

Entrambi ci salutarono mentre entravano pacificamente nel portale, dove sarebbero rimasti per l'eternità. Mi dispiaceva vedere mio fratello partire, ma ero sollevata che avesse riavuto la sua compagna. Sapevo che ci avrebbe tenuti al sicuro. Avevo fiducia in lui. Eurynomos sarebbe rimasto segregato.

La Dea ci fece un gesto, poi sparì dalla stanza.

Le braccia di Steven mi avvolsero mentre la tristezza tornava a farsi sentire. Era finita. Il demone era stato eliminato.

"Torniamo a casa", dissi a Zach e Steven.

Annuirono e ci incamminammo verso l'uscita del castello. L'esercito del demone era morto o era fuggito nell'Oltretomba.

Quando entrammo nel cortile, i draghi erano tutti in piedi ad aspettarci. Cara e Ladon fecero un passo verso di noi quando uscimmo. Ci fecero un cenno di saluto e, anche se non potevo comunicare con loro, riuscivo a capire la gratitudine che provavano. I loro padroni erano riuniti e potevano amarsi per l'eternità.

I draghi ci fecero un cenno e volarono via insieme verso ovest. Credo che il loro compito fosse terminato. Ora erano liberi di fare quello che volevano.

Steven mi incalzò nella mente: "Ora che il demone è morto, significa che finalmente potrò marchiarti come mia compagna?"

Gli sorrisi. Non c'era bisogno di rispondere. Il suo lupo capì e fece le fusa nel suo petto.

"Andiamo a casa", dissi ad alta voce.

Steven aggiunse: "Ehi Zach, ti dispiace volare con Bianca? Torneremo più velocemente se io corro come un lupo e tu voli".

Zach gli sorrise. "Beh, non vedi l'ora di tornare a casa, vero?"

Steven rise alla sua domanda. "Ho degli affari che mi aspettano".

Potevo sentire il suo bisogno di me attraverso il nostro legame di coppia. Erano anni che aspettava questo momento. Non attese una risposta e si trasformò nella sua forma di lupo. Zach mi prese in braccio e volammo in direzione del castello del vampiro. Mi aggrappai a Zach mentre guardavo il lupo di Steven correre sotto di noi.

Epilogo (Bianca)

Una nuova speranza

Il principino dormiva tra le mie braccia mentre lo cullavo. Aveva i capelli castani del padre e gli occhi nocciola della madre. Il primo ibrido licantropo-vampiro a nascere. O se un giorno ne era nato uno, la storia lo aveva dimenticato. Le antiche leggende parlavano di quanto gli ibridi fossero malvagi. Sarebbe stato un sovrano gentile? Tutto ciò che sapevo era che questo bambino era amato da tutti i membri della sua famiglia, sia vampiri che licantropi. Kate era una madre meravigliosa e Damien era orgoglioso e desideroso di mostrargli come essere un buon sovrano.

Sorrisi mentre i miei pensieri correvano a Steven. Finalmente mi ero lasciata marchiare da lui, cedendo ai suoi desideri di lupo. Era stato qualche mese fa, ma i ricordi erano ancora deliziosi come allora. Quando tornammo al branco, dopo aver ucciso Eurynomos, scoprimmo che Jane se ne era andata dopo che Will l'aveva lasciata, per non tornare mai più. Il branco era stato lasciato solo e senza protezione. Raccontammo che Will era morto senza parlare dell'accordo che aveva fatto con il demone. Il branco fu felice di vederci e accettò volentieri che io fossi la loro Luna e il mio compagno il loro Alfa. Dopotutto, ero la figlia del precedente Alfa.

Non appena saputo che Kate e Damien avevano avuto il loro bambino, arrivammo per fare una vacanza al castello. Sapevo che questo bambino sarebbe stato un ottimo principe. Avrei voluto che Will e Leila potessero conoscerlo. Anche se sapevo che suo zio avrebbe sempre vegliato su di lui.

Proprio mentre pensavo a questo, fuori si accese una luce e due passeri si posarono sul bordo della finestra. Sorrisi. Proprio così, anche sua zia vegliava su di lui, al fianco del suo compagno. I due passeri volarono all'interno della stanza, intonando una gioiosa melodia prima di riprendere il volo nella tiepida mattina di primavera.

Cullai il bambino per farlo addormentare, canticchiando una canzone elfica che Elashor mi aveva insegnato. Una canzone che parla di un grande eroe e della sua fedele compagna. Uno è un angelo oscuro e decaduto; l'altra si è sacrificata, pura come la luce. Insieme, terranno a bada il demone, in modo che il mondo dei vivi possa essere in pace.

Brevi note della scrittrice

Ciao!

Spero davvero che "La caduta" ti sia piaciuto. Non dimenticare di lasciare una recensione su Amazon e Goodreads. Le recensioni sono il modo migliore per sostenere gli autori.

Cosa accadrà a questo giovane principe? Scopri quale destino lo attende nel pluripremiato best seller Cursed King.

https://www.amazon.com/dp/B0CCYWGL5D

Desideri saperne di più sulle origini del branco di Leila? Addentrati in un mondo antico pieno di amore, lussuria, inganno e morte. Scopri la verità su coloro che erano chiamati i Guardiani della Dea.

Acquista ora la tua copia su Amazon!

https://www.amazon.com/dp/B0BPRGP9L7

Non dimenticare di iscriverti alla mia mailing list! E se ne hai voglia, vai sul mio sito e scrivimi un'email. Mi piacerebbe conoscerti meglio! Cosa ti è piaciuto? Qual è il tuo personaggio preferito? Cosa non ti è piaciuto?

Grazie per il tuo affetto e il tuo sostegno

Danielle Paquette-Harvey

daniellephauthor.com

Ringraziamenti

Non posso credere che questa sia la fine della mia prima serie! È stato un viaggio incredibile! Grazie a tutti coloro che hanno creduto in me.

Naturalmente, voglio ringraziare mio marito, Martin, e i miei figli per il loro amore e il loro incoraggiamento. Siete fantastici e sono così felice di avervi nella mia vita! Non posso immaginare la mia vita senza di voi.

Voglio ringraziare le mie tre anime gemelle. Siete fantastici e il vostro affetto e il vostro sostegno significano molto per me. Vi amo con tutto il cuore.

Grazie a tutti i miei amici più cari! Quelli che conoscevo prima di diventare un'autrice e quelli che mi sono fatta da quando lo sono diventata. Sì, gli amici virtuali contano quanto quelli che vivono nelle vicinanze. Siete diventati parte della mia vita. Con alcuni di voi parlo quotidianamente. Spero un giorno di poter venire a trovare ognuno di voi!

La vita è folle! Siamo tutti impegnati, ma spero che non saremo mai troppo impegnati l'uno per l'altro. L'amore è ciò che ci mantiene forti.

Vi amo ragazzi! A presto.

Danielle

www.ingramcontent.com/pod-product-compliance
Lightning Source LLC
Chambersburg PA
CBHW030122010826
48973CB00002B/381